SVEN HILLENKAMP

Fußabdrücke
eines
Fliegenden

Klett-Cotta

Klett-Cotta
www.klett-cotta.de
© 2012 by Sven Hillenkamp
Für die deutsche Ausgabe
© 2012 by J. G. Cotta'sche Buchhandlung
Nachfolger GmbH, gegr. 1659, Stuttgart
Alle deutschsprachigen Rechte vorbehalten
Printed in Germany
Umschlag: Rothfos & Gabler, Hamburg
Unter Verwendung eines Bildes von Michaël Borremans
»The Advantage« 2001. 30 x 36 cm, oil on canvas.
Foto: Felix Tirry. Courtesy Zeno X Gallery, Antwerp
Gesetzt in den Tropen Studios, Leipzig
Gedruckt und gebunden von GGP Media GmbH, Pößneck
ISBN 978-3-608-93964-4

*... wenn ich nach Dichterart eine Menge von nicht dahin-
gehörenden Dingen mit aufnähme: Wohnstuben und Kleidungs-
stücke, schöne Gegenden, Angehörige und Freunde, so könnte
aus dieser Geschichte eine ellenlange Novelle werden. Dazu
habe ich jedoch keine Lust. Ich esse zwar Salat, aber ich esse
immer nur das Herz.*

SØREN KIERKEGAARD

Einst ging ein Träumer weit voran.
Jetzt gehn wie Uhren Fragen nach.
Nach dem kurzen Schlaf des Lebens
lieg ich als Toter lange wach.
Ich bin ich: in andern Fesseln.
Früh im Fieber, dann zu kalt.
Lieg auf meiner Sinne Nesseln.
Bin des Schiffes Aufenthalt.
Der Jüngre, er, sprach nur in Stürmen.
Worte trug die Luft wie Blätter.
Der Andre, ich, fand in der Flaute
endlich Laute, seinen Retter.
Doch alle Worte, die ich aufheb
am Ort des Schmerzes, bleiben Klagen.
Wörter müssen Wege machen
brauchen Stürme, die sie übertragen.
Sagen schweigen und Gestirne
beleuchten, ohne zu bedeuten.
Blumen, Wälder behalten ihre Bilder;
aus Meeren tönt kein Glockenläuten.
Warme Milch trank ich vor Jahren.
Dann kam des blöden Leides Scheide.
Ich bin ein schwerer harter Käse
den ich langsam nun in Stücke schneide.

NILS NYCANDER

Als Ola Lundgren einsam war, waren die Geräusche von der Straße unerträglich laut. Auf dem Boden lagen haufenweise Haar, Staub und Schmutz. Überall waren Spiegel, in die Ola blicken musste. Er konnte keine Bewegung machen, ohne dabei gesehen zu werden. Er hatte so viele Gedanken, dass kein Moment ohne Gedanken war, selbst wenn in der Dusche das Wasser kalt wurde, rissen die Gedanken nicht ab. Die Gedanken waren alle so bedeutend, dass Ola sie aussprechen musste. Der Blick aus dem Fenster zeigte eine unendliche Landschaft. Olas Blick verlor sich in Bäumen, Wasser und Himmel. Wenn Ola durch die Stadt ging, stand auf allem, was er sah, etwas geschrieben, und Ola las alles, was geschrieben stand, und hatte gleichzeitig sehr viele Gedanken, die davon abweichen wollten. Ihn schmerzten alle Widersprüche, die Widersprüche in der Kleidung der Menschen und in allem, was geschrieben stand. Überall waren Widersprüche. Auch in der Stadt lag überall Schmutz, furchtbarer Schmutz. Ola betrachtete den Schmutz auf den Bürgersteigen und in den Mauerecken sehr genau. Die Zeit machte den Anschein, als hätte man etwas aus ihr herausgenommen. Sie lag wie ein leerer Schweinedarm in Olas Hand. Viele Frauen hatten etwas, das Olas Vorstellungskraft erregte. Ola betrachtete das Haar der Frauen und merkte es sich genau. Er merkte sich auch ihre Kleidung, den Schmuck und die Schuhe und hatte gleichzeitig sehr viele Gedanken. Überall waren andere Menschen. Sie saßen in Cafés, gingen über die Bürgersteige und lagen auf den Wiesen. Die Menschen bildeten Kreise. Überall waren Kreise anderer Menschen. In den Kreisen wurde sehr viel gesagt und gab es einen schnellen Fluss der Bewegungen, den Ola betrachtete, und gleichzeitig hatte er sehr viele Gedanken. Er konnte sich vorstellen, in den Kreisen zu sein, das Haar der Frauen zu berühren, den Schmutz auf den Bürgersteigen in seinen Mund zu nehmen. Gleichzeitig las er, was auf der Kleidung und der Haut der Menschen geschrieben stand, auf den Wänden und den Schildern. Überall waren Widersprüche. Auch in den Gedanken, die Ola hatte, waren überall Widersprüche. Alles war sehr laut, sehr dicht und roch stark nach irgendetwas. Ola hatte sehr viele Gefühle. Er konnte nichts ansehen, ohne ein starkes Gefühl zu haben. Er empfand immerzu Wut und Lust und Angst und Ekel und große Langeweile. Die Welt bedeutete Ola sehr viel. Jeder Ausblick war unendlich. Olas Blick ging in den Horizont hinein und kehrte nicht zurück. Er ging in die Wolken hinein und kehrte nicht zurück. Er ging in die Blätter der Bäume und kehrte nicht zurück. Er ging ins Wasser und kehrte nicht zurück. Der Blick ging in die offenen Wunden der Menschen in der U-Bahn und kehrte nicht zurück. Die Schönheit der Natur war unendlich, wie der Schmutz, der sich auf den Straßen und in der Wohnung sammelte, wie die Wunden und die Gedanken, die Ola zu allem hatte, wie die Widersprüche. Ola drehte sich nach allem immerzu um. Sein Kopf war immerzu verdreht. Er sah zu den Seiten, nach unten und nach oben, niemals geradeaus. Er blieb oft stehen, um etwas sehr genau zu betrachten. Bei jeder Frau wusste er sofort, wie es wäre, mit ihr zu leben, in ihrer Wohnung zu sein. Er sah das ganze Leben mit der Frau direkt vor sich. Er wusste, wie es in der Küche aussah, im Wohnzimmer, im Schlafzimmer, auf dem Balkon. Er sah jede Einzelheit. Olas Gedanken gingen in dieses Leben und kehrten nicht zurück. Alles war unendlich. Es gab unendlich viel Ekelhaftes und Erregendes, Ängstigendes, zu Hassendes und sehr Langweiliges. Ola hatte sehr viele Gedanken und Gefühle. Sein Körper pochte und juckte immerzu, er roch und schmerzte. Olas Körper umgab ihn wie eine Landschaft. In welche Richtung Ola sich auch wendete, er stieß auf seinen Körper. Er kratzte den Körper, tastete ihn ab, roch an ihm, versuchte, ihn zufriedenzustellen, doch der Körper wollte keine Ruhe geben. Auch in der Stadt waren überall Spiegel, in die Ola blicken musste, er konnte keine Bewegung machen, ohne sich zu sehen, von sich gesehen zu werden. Es gab sehr viel und andererseits sehr wenig. Jemand hatte etwas aus der Zeit herausgenommen, und Andres war dafür in die Zeit hineingekommen und größer geworden. Es hatte einen Abfall des Zeitdrucks gegeben, daraufhin hatte sich alles ausgedehnt, die Gedanken, die Geräusche, das Erregende, die Widersprüche, die Ausblicke, die Natur, der Schmutz. Jemand hatte Vordergrund und Hintergrund vertauscht. Das, was im Vordergrund gewesen war, war jetzt im Hintergrund. Das heißt, es war ganz verschwunden, und das, was im Hintergrund gewesen war, war in den Vordergrund getreten, das Einzige geworden. Jemand hatte sehr viel aus der Zeit herausgenommen, und Andres war an dessen Stelle getreten, notgedrungen, denn die Zeit konnte nicht leer sein. Die Zeit war immer gleich voll, was auch geschah. Wenn man etwas herausnahm, wurde alles Andere größer. Der Schweinedarm der Zeit war prall gefüllt wie eh und je, aber es waren andere Dinge darin, Dinge, die vorher im Hintergrund und klein gewesen waren und die jetzt unheimlich groß im Vordergrund standen. Im Vordergrund standen nun all diese Dinge, und wenn Ola das Fenster schloss, wurden die Geräusche in der Wohnung unerträglich laut. Es war Schmutz in der Wohnung – haufenweise Schmutz.

Der Bruder hatte das Schlagzeug im Esszimmer aufge-
stellt, immer wieder sprang er vom Tisch auf und trom-
melte. Die Schwester, die durch das Trommeln in ihrem
Bericht unterbrochen wurde, nannte das Verhalten des
Bruders gemein und ignorant. Sie sagte: »Ge, ge, gemein
u und i, i, ig, ig, ignorrrant.« Die Schwester hatte eine
Sprach- und Gehbehinderung. Jeder Bericht, jede Bewegung der Schwester dauerten sehr lange, während alles,
was der Bruder tat, sehr schnell ging. Nach dem Tod der
Mutter waren Bruder und Schwester im Haus der Mutter
wohnen geblieben. Seit vierzig Jahren teilten sie sich das
Haus der Mutter in Björkvik und führten dort Krieg, bis,
eines Tages, ein Freund in Björkvik zum Abendessen ein-
geladen war und bemerkte, dass der Hass, den der Bruder für die Schwester empfinde, ein Langsamkeitshass
sei, der Hass, den die Schwester für den Bruder empfinde, ein Geschwindigkeitshass. Vermutlich sei die Schwester aus Bosheit in den vergangenen vierzig Jahren immer
noch langsamer geworden, habe ihr Stottern und Schlei-
chen kultiviert, während der Bruder aus Bosheit immer
noch schneller geworden sei, sein Sprechen und Trommeln zur Unterbrechung der Schwester immer weiter
beschleunigt habe. Um Aufmerksamkeit von der Schwester und anderen Anwesenden zu erhalten, habe der Bruder die Geschwindigkeit und Unterbrechung eingesetzt,
die Aufmerksamkeit häufig kurz auf sich gezogen, dagegen habe die Schwester, um Aufmerksamkeit vom Bruder und Anderen zu erhalten, alles unvorstellbar langsam
gemacht, in eine unmenschliche Länge gezogen. Beide
ersehnten nur Aufmerksamkeit, bekämen aber das Ge-

genteil, was wiederum das Verhalten eskalieren lasse. Je mehr Aufmerksamkeit die beiden brauchten, umso weniger bekämen sie. Die Lösung, so der Freund, sei, den Bruder und die Schwester zu trennen und in getrennten Einrichtungen zu behandeln, den Bruder zu verlangsamen, die Schwester zu beschleunigen. Vielleicht könnten sie im Alter wieder im Haus der Mutter zusammengeführt werden, gesetzt, die Geschwindigkeiten hätten sich ausreichend angeglichen. – So geschah es. Nach dreißig Jahren waren, wie sich bei einer Begegnung auf neutralem Boden zeigte, die Schwester so beschleunigt, der Bruder so verlangsamt, dass zwischen beiden ein Gespräch möglich war. Gemeinsam mit den behandelnden Ärzten wurde der Rückzug ins Haus der Mutter beschlossen. Bruder und Schwester verstanden sich wie nie, lebten ihre letzte Zeit in Frieden und Zufriedenheit.

Nachschrift: Victor, der Erzähler dieser Geschichte, hat fünfzehn Jahre in dem Haus mit dem Bruder und der Schwester verbracht, es waren die Jahre seiner Kindheit. Nach dem plötzlichen Tod der Eltern hatten Bruder und Schwester das Kleinkind auf der Stelle bei sich aufgenommen. Der permanente Wechsel der Geschwindigkeiten, vom Extremschnellen zum Extremlangsamen und vom Extremlangsamen zum Extremschnellen, beziehungsweise die Gleichzeitigkeit der beiden extrem unterschiedlichen, entgegengesetzten Geschwindigkeiten, führte dazu, dass Victor zwei Persönlichkeiten ausbildete, eine extrem schnelle und eine extrem langsame, und schließlich, schubweise, sich von seinem Körper und seinem Geist löste, sowohl den langsamen als auch den schnellen Kör-per verließ, sowohl den langsamen als auch den schnel-len Geist, und die Welt aus sehr großer Entfernung be-trachtete, von einem lebensrettenden Ruhepunkt.

DIE TAT

Nach fünfzehn Jahren drehte Otto Hermansson den Toaster um. Der Griff, der zum Versenken der Brote in den
Toaster diente, war auf der tischabgewandten Seite gewesen, so dass Hermansson jedes Mal, wenn er toasten
wollte, seinen Stuhl zurückschieben, aufstehen, sich vorn-
überbeugen und über den Tisch legen musste. Er hatte
den Toaster damals, in den Tagen nach seinem Umzug,
einfach so hingestellt. In den folgenden fünfzehn Jahren
war sein Leben so beschaffen gewesen, dass ein Umdrehen des Toasters unmöglich gewesen war. Hermansson
hatte in diesen fünfzehn Jahren pausenlos über sein Unglück nachgedacht, war in dem Unglück in sich selbst
zusammengesunken gewesen und aufgestanden nur, um
sich vornüberzubeugen, über den Tisch zu legen und zu
toasten. Es hatte ihm die Kraft gefehlt, den Toaster umzudrehen. Vielmehr, das Nachdenken über sein Unglück
hatte ein Nachdenken über den Toaster ausgeschlossen,
ein Unglücksgedanke reihte sich an den andern und führte zu dem nächsten Unglücksgedanken, nie hätte dazwi-
schen ein Gedanke an den Toaster aufkommen können.
Doch an diesem Tag dachte Hermansson plötzlich: »Ich
drehe den Toaster um.« Und wie er noch den Satz »Ich
drehe den Toaster um« gedacht hatte, hatte er den Toaster
schon umgedreht. Er hatte sich ein letztes Mal vornüber-
gebeugt und über den Tisch gelegt, nicht um zu toasten,
wie in den vergangenen fünfzehn Unglücksjahren, sondern um den Toaster umzudrehen. Es war nur ein Gedanke gewesen, ein Satz, eine Körper- und Handbewe-
gung. In den folgenden drei Stunden räumte Hermansson
die gesamte Wohnung um, verschob die Pflanze im Flur,

um die er jedes Mal, wenn er durch den Flur ging, in einem Bogen hatte ausweichen müssen, so dass er nun gerade, mit Schwung durch den Flur gehen konnte. Er hängte die Deckenlampe im Schlafzimmer ein gutes Stück höher, so dass er nicht mehr gebückt durchs Schlafzimmer gehen musste. Er leerte die große Kommode, legte die Bettwäsche, die bisher in den oberen Schubladen gelegen hatte, in die unteren, die Unterwäsche, die bisher in den unteren Schubladen gelegen hatte, in die oberen, so dass er nicht jeden Morgen auf der Suche nach Unterwäsche auf dem Boden knien musste. Hermansson sah ein, dass die gesamte Einrichtung der Wohnung in den vergangenen fünfzehn Jahren eine Einrichtung zu seiner Behinderung und Erniedrigung gewesen war. Er war der Meinung, dass er nun *alles* würde ändern können. Er sagte: »Hätte ich in den fünfzehn unglücklichen Jahren nur geahnt, dass ich den Toaster umdrehen kann, wären es keine fünfzehn unglücklichen Jahre gewesen. Ich habe es aber nicht geahnt, das ist eben das Eigentümliche dieser Jahre gewesen.«

WAS ERIK ÅKERMAN VON SICH SELBER WUSSTE

Erik Åkermans Stimme war ZU LAUT.

Er atmete SEUFZEND.

Er redete OHNE PUNKT UND KOMMA.

Er ging für die Andern immer ZU SCHNELL.

Sein Umgang mit Geld war UNVERANTWORTLICH.

Er war VERSCHWENDERISCH.

Sein Verhältnis zu anderen Menschen war EGOISTISCH.

Er war DICKKÖPFIG.

Er war REALITÄTSFREMD.

Er musste immer SEINEN WILLEN HABEN.

Er wollte alles BESTIMMEN.

Er musste immer ÜBERTREIBEN.

Er kam immer ZU SPÄT.

Er ließ die Leute WARTEN.

Er war UNACHTSAM.

Er machte ALLES KAPUTT.

Er war ein GROBMOTORIKER.

Was er zu tun versprochen hatte, VERSÄUMTE er.

Er hatte STECHENDE AUGEN.

SEINE AUGEN WAREN GRÖSSER ALS SEIN MUND.

Er versäumte MITZUHELFEN.

Er konnte nicht ZUHÖREN.

Er hatte KEINE GEDULD.

Er war nicht WIE DER ZURÜCKHALTENDE DAVID.

Er war nicht WIE DER BEHARRLICHE KNUT.

Er war nicht WIE DER SANFTE MATTHIAS.

Er war nicht WIE DIE GOLDIGE ANN.

Auf ihn war KEIN VERLASS.

Wenn er etwas tat, dann tat er es NICHT SORGFÄLTIG.

Seine Gegenwart war AUF DAUER ERMÜDEND.

Er war ständig IN BEWEGUNG.

Er musste immer PROGRAMM HABEN.

Er war INTENSIV.

Er HIELT sich permanent IM ABSEITS.

Er DRÄNGTE pausenlos IN DEN MITTELPUNKT.

Er unterlag SEINEM GRÖSSENWAHN.

Er war ARROGANT.

Und AGGRESSIV.

Er hatte eine GROSSE NASE.

Er hatte GROSSE HÄNDE.

Er kannte KEINE GRENZEN.

Wenn er kochte, kochte er ZU VIEL.

Wenn er auftat, tat er ZU VIEL auf.

Wenn er half, war es ZU VIEL Hilfe.

Wenn er sorgfältig war, war er ZU SORGFÄLTIG.

Er würde ES EINMAL SCHWER HABEN.

Er sollte SICH NICHT WUNDERN.

Er war GEWARNT.

DAS HÄLT KEIN MENSCH AUS

Der Regisseur Emil-Malte Nordquist war rigoroser Realist. Das Team drehte jede Szene dreißig, vierzig Mal, manche Szenen hundert oder hundertfünfzig Mal. Die Szene, in der der Mann einen furchtbaren Wutanfall bekommt, drehten sie siebenundvierzig Mal. Die Szene, in der der Mann der Frau in einem langen Monolog erklärt, dass er seinen Zustand nicht mehr aushalte und sich an seinem Zustand in den vergangenen zwanzig Jahren nichts verändert habe, drehten sie zweiundachtzig Mal. Die Sequenz, in der der Mann stundenlang durch die Straßen läuft und jeder schönen Frau verzweifelt nachguckt, drehten sie geschlagene hundertdreizehn Mal. Und die folgende Szene, in der der Mann allein in seinem Bett liegt und masturbiert, drehten sie hundertfünfundvierzig Mal. Die Szene, in der der Mann und die Frau ihre endgültige Trennung beschließen und sich weinend in den Armen liegen, drehten sie unwahrscheinliche hundertunddreiundneunzig Mal. Und die Szene, in der der Mann allein im Wohnzimmer sitzt, Musik hört und dabei im Kreis geht und schluchzt – über den Tod seines Vaters, der starb, als der Mann ein Kind war –, drehten sie nervenzerfetzende zweihundertsiebenundsiebzig Mal. Im Schneideraum stellten Nordquist und der Cutter befriedigt fest, dass zwischen den einzelnen Takes nur die minimalsten, tatsächlich zu vernachlässigenden Unterschiede bestanden. Nordquist sah, dass er alle Takes verwenden konnte. So gab es im Film siebenundvierzig Mal den Wutanfall, zweiundachtzig Mal den langen Monolog über den nicht aushaltbaren, unveränderbaren Zustand, hundertdreizehn Mal den Gang durch die Stadt und die verzweifelten Blicke, hundertfünfundvierzig Mal die Masturbation, hundertdreiundneunzig Mal die endgültige Trennung sowie zweihundertsiebenundsiebzig Mal das Musikhören, Imkreisgehen und Schluchzen über den vorzeitigen Tod des Vaters. Der Film hatte Überlänge. Bei der Vorabvorführung reagierte das repräsentative Testpublikum mit Abscheu. Der Film sei unerträglich, so die einhellige Meinung des repräsentativen Testpublikums. Fast alle Zuschauer hatten vor Ende des Films den Saal verlassen. »Immer und immer wieder dieselben Szenen, dieselben furchtbaren, deprimierenden Szenen, ohne jede Veränderung, eine endlose Wiederholung des Unerträglichen, das hält kein Mensch aus«, sagte ein Zuschauer aus dem Testpublikum. Nordquist weigerte sich jedoch, den Film zu kürzen, jede Szene nur fünf, sechs Mal oder nur ein einziges Mal zu zeigen. Der Film kam nie in die Kinos.

Das Ziel von Therapie war es, Erfahrung zu löschen. Erfahrung sollte zu reiner Erinnerung werden, alle Kraft verlieren. Damit stand Therapie im Gegensatz zum natürlichen Überlebensprogramm des Menschen, das verhindern sollte, dass Erfahrungen vergessen und gelöscht wurden, eine gefährliche Situation nicht als gefährlich erkannt wurde. Erfahrungen waren sekundäre Instinkte. Der primäre Fluchtinstinkt war angeboren, der sekundäre entstand aus Erfahrung; der primäre schützte schon beim ersten Mal, die Erfahrung erst vor Wiederholung. Die Erfahrungen des Menschen zu löschen und unwirksam zu machen, war ähnlich schwierig, wie seine Instinkte zu löschen und unwirksam zu machen. Für das Überlebensprogramm des Menschen zählte nicht, wie der Mensch lebte, ob er glücklich war, sondern nur, dass er überlebte, egal wie. *Die seelische Verkrüppelung durch Erfahrung war tatsächlich eine Verbesserung im Sinne des Überlebensprogramms.* Das Einzige, was dem Überlebensprogramm zuwiderlief, war das Glücksempfinden. Das Glücksempfinden und Unglücksempfinden des Menschen waren der Konstruktionsfehler des Überlebensprogramms. *Der Mensch litt unter seiner Verbesserung durch Erfahrung.* Er war unglücklich. Er war bestens vor der Wiederholung gefährlicher Situationen geschützt, aber unglücklich. Aus Unglück tötete er sich selbst und machte damit alle Leistungen des Überlebensprogramms zunichte. Er hatte aus seiner Erfahrung gelernt, fühlte sich aber durch das Gelernte um sein Glück betrogen und tötete sich selbst. Das Überlebensprogramm war zum Vernichtungsprogramm geworden. Therapie sollte das verhindern. Therapie sollte

Erfahrung löschen, bevor der Erfahrene sich selber löschte, weil die Erfahrung ihn unglücklich gemacht hatte. Therapie sollte eine neue Erfahrung erzeugen und sein, eine so prägende und einschneidende, dass sie die alten Erfahrungen überlagerte und löschte. Immer wenn Billy dem Therapeuten die Hand gab und die Hand weich in der seinen lag und die Augen des Therapeuten vorbei an seinen Augen blickten, hatte er Zweifel, ob das Erfahren des Therapeuten das Erfahren seiner Eltern würde überlagern können, ob es so prägend und so einschneidend sein könnte, dass es das Erfahren der Eltern löschen würde, ob es verhindern können würde, dass sein Überlebensprogramm zum Selbsttötungsprogramm würde. Ja, da hatte Billy wirklich Zweifel. Er hätte es nicht in Worte fassen können, aber er spürte, dass er Zweifel hatte.

MORD DURCH MONOLOG

Ein dreiundzwanzigjähriger Klavierstudent war am Freitag bei seiner Verwandtschaft in Hofors angekommen und hatte sich, für alle überraschend, am Sonntagabend, kaum war er zurück in seiner Wohnung in Göteborg, aus dem Fenster gestürzt. Eine Bekannte der Hoforser Verwandtschaft, die an dem Wochenende ebenfalls bei der Familie zu Gast gewesen war, sagte aus, alle Verwandten hätten äußerst froh auf den Besuch aus Göteborg reagiert und ihm sofort alles von sich und ihrem Leben in Hofors berichtet. Der Klavierstudent habe interessiert zugehört, regen Anteil am Gehörten genommen und auch kluge Kommentare dazu abgegeben. Während des gesamten Aufenthaltes sei er freundlich und zugewandt gewesen, sei allen durch seine Wärme und seine seltene Fähigkeit zuzuhören aufgefallen. Sämtliche fünfunddreißig Hoforser Verwandten sagten aus, der Student habe ihnen lange und interessiert zugehört und Verblüffendes, sowohl Beifälliges als auch Kritisches, zu ihren Berichten bemerkt. Sie alle hätten sich von dem Studenten in einer Weise wahrgenommen gefühlt wie von keinem Anderen in der zahlreichen, allerdings ignoranten Hoforser Verwandtschaft. Der Student habe in größtem Kontrast zum Autismus und zur radikalen Empathielosigkeit der Hoforser Verwandtschaft gestanden, so die Hoforser. Der Student, so die übereinstimmenden Aussagen, sei der einzige offene Mensch gewesen, der ihnen seit Ewigkeiten begegnet sei, in Hofors begegneten einem ausschließlich verschlossene Menschen, die an keinem Anderen nur das geringste Interesse zeigten. Man habe zwar nie etwas totgeschwiegen in Hofors, dafür habe man den Anderen tot-

geredet, wie man im übertragenen Sinne und jetzt leider
Gottes auch im buchstäblichen Sinne sagen müsse. Der
Klavierstudent, der als Kind mit der Mutter bereits im
Alter von vier Jahren Hofors verlassen hatte, sei, so die
einhellige Einschätzung, in keinster Weise auf die exzes-
sive Kommunikation als Nichtkommunikation in Hofors
vorbereitet gewesen. Im Gegenteil habe er Hofors idea-
lisiert, als Paradies bezeichnet, die Hoforser Verwandtschaft als einzigen Halt. Noch in derselben Nacht hatte
die Hoforser Verwandtschaft ein umfangreiches Geständ-
nis abgelegt, das die Beamten einerseits zufrieden, des In-
halts wegen, andererseits verzweifelt, der Länge wegen,
aufgenommen hatten und das sie, im entsprechenden ro-
ten Formular für Tötungsdelikte, in der Formel zusam-
menfassten: Mord durch Monolog.

DAS BEHAGEN

Nils Nycander sah im Restaurant zwei alten Frauen zu. Die eine versuchte immer wieder aufzustehen, sie wollte allein über den Schmerzpunkt in den Gelenken kommen, bis sie sich nach vorn, auf ihren Gehwagen, würde stützen können. Sie stand halb und zitterte, kam aber nicht weiter. Schließlich setzte sie sich wieder. Die Tischnachbarin harrte bei ihr aus. Beide erhoben sich immer gleichzeitig, wenn die eine erstarrte, erstarrte auch die Andere, dann setzten sich beide wieder hin. Die Frauen unterhielten sich in den Pausen. Die Tischnachbarin sagte, sie könne kein Geflügel mehr essen, weil sie früher, bevor sie ein Huhn schlachtete, dem Huhn in den Arsch fassen musste, ob es ein Ei habe. Beide lachten bebend. Als die eine es wieder versuchte und beide wieder mitten im Aufstehen erstarrt waren, brach die Sonne durch, und die Frau mit den Schmerzen sagte zu der Tischnachbarin: »Ihre Augen leuchten wie Sterne.« – Nils dachte bei sich: »Jeder Mensch bewegt sich, bis ein Schmerz ihn unterbricht. Darum machen manche Menschen nur sehr kleine Bewegungen und halten dann inne. Wenn sie arbeiten, arbeiten sie nur ein bisschen, sie machen nur ganz kleine Arbeiten. Ein Dichter sagte: ›Das Körperliche beim Schreibvorgang ist mir unerträglich ... Meine Geduld besteht aus tausend Splittern.‹ Von einem Andern wurde gesagt: ›Ihm fehlte fürs Epische die Hauptsache, das Behagen, das Verweilenkönnen, das Zeithaben.‹« Man musste also, dachte Nils, für das Epische, für große epische Bewegungen, zum Beispiel für das Aufstehen, über Behagen verfügen. Nur wer im Behagen war, hatte Zeit. Die Grenze jeder Arbeit war eine Behagens-, also Schmerz-, also Zeitgrenze. Jeder Punkt in einer Schrift, dem keine Worte mehr folgten, war ein Schmerzpunkt. Er dachte: »Es gibt aber Menschen, die halten es in keiner Position mehr aus. Sie können sich nicht lange bewegen, doch auch nicht stillhalten. Sie haben in jeder Position Schmerzen. Obwohl sie theoretisch sehr viel Zeit haben, drängt es sie immerzu zum Aufbruch. Sie suchen permanent nach einer schmerzfreien Haltung, doch sie finden keine. Sie haben sehr viel Zeit und doch haben sie keine Sekunde. Sie können immer nur sehr wenig tun und doch können sie auch nicht nichts tun. So geht es sehr alten Menschen und auch manchen jungen. Wir können nur hoffen, dass es einst einen geben wird, der unsere kleinen Bewegungen mitmacht, der mit uns erstarrt, dessen Umriss durch unsere Schmerzpunkte läuft.«

DIE EINWEISUNG

Die Gründe, die der Onkel für Billys Umzug in das Altenheim angegeben hatte, waren: Verlust jeder gesellschaftlichen Stellung, Vereinsamung; verlässt kaum noch
die Wohnung; der Körper wird nicht mehr als Genuss,
sondern als Widerstand und im Verfall erfahren; geht ge-
krümmt; Fernsehapparat läuft ständig; lebt in Erinnerungen, spricht dauernd von damals; ist auch habituell in die
Welt seiner Kindheit zurückgekehrt; hat »keine Zukunft«;
will nichts Neues mehr beginnen; leidet unter Schlafstö-
rungen, liegt oft wach; läuft von einem Arzt zum anderen;
obsessives Beschäftigen mit der eigenen Gesundheit, dem
»nahen Tod«; alle nahen Familienmitglieder *sind* tot (Kinder hat er keine; es gibt einen Halbbruder in Karlsstad,
zu diesem jedoch keinen Kontakt); wachsende Schwierig-
keiten, die tägliche Versorgung zu gewährleisten (kocht
nicht mehr, kauft kaum noch ein, macht kaum noch sau-
ber; die Toilette sieht furchtbar aus); hat keinen Überblick
mehr über seine Finanzen (wiederholt wurden Strom und
Telefon abgestellt, der Vermieter an der Hägerstensgatan
droht mit Kündigung); äußerliche Verwahrlosung (schad-
hafte Kleidung, kaputte Brille, keine Frisur); Zittern der
Hände; atmet stöhnend, als liege ihm etwas auf der Brust;
vergisst Namen von bekannten Menschen; weigert sich,
die Zeitung zu lesen (die Nachrichten gingen ihn nichts
mehr an); sitzt häufig mit Whiskey über alten Briefen und
Fotos, liest immer wieder dieselben Briefe, betrachtet immer wieder dieselben Fotos und betrinkt sich dabei; sieht
sich immer wieder dieselben alten Filme an, hört immer
wieder dieselben Lieder und betrinkt sich dabei; wenn
er die Wohnung verlässt, geht er stets die gleiche Runde

durch Högalidsparken und sitzt dort auf einer Parkbank; geht nicht mehr ans Telefon (versuchte wochenlang, ihn zu erreichen, ohne Erfolg); sieht auf eine Weise erschöpft aus, die beängstigend ist; hat permanent Verdauungsprobleme.

Das also waren die Gründe, die der Onkel angegeben hatte. Die Direktorin des Altenheims hatte daraufhin keine Zweifel mehr gehabt, dass Billy für das Altenheim *alt genug* sei. Dem Antrag des Onkels auf einen Platz bereits im September dieses Jahres wurde stattgegeben. Seitdem war er, Billy, fünfundzwanzig, hier.

DER MANN, DER SICH GEZWUNGEN FÜHLTE

Der Mann, der sich gezwungen fühlte, sah auf der Straße einen Hundehaufen und sah sich selbst, wie er ihn aß. Einige Meter weiter sah der Mann Arbeiter des Grünflächenamtes, die Äste in einen Häcksler warfen – und ihn gleich hinterher. Beim Mittagessen las der Mann in der Zeitung über die Folterungen in einem fernen Land. Er musste die Zeitung weglegen, denn er war an die Stelle der Gefolterten getreten. Auf dem Rückweg zu seinem Büro, im Fahrstuhl, stand der Mann einem Kollegen gegenüber, der einen rötlichen Vollbart trug und ihm seit jeher unsympathisch war. Sie waren kaum ein Stockwerk zusammen gefahren, da sah der Mann sich dem Kollegen einen Zungenkuss geben.

Der Mann, der sich gezwungen fühlte, stellte sich immer vor, was den größten Widerstand in ihm auslöste. Er tat in seinen Fantasien, was er nicht tun wollte, er erlitt das Schlimmste. Er hatte keine Wunsch-, sondern ausschließlich Zwangsfantasien.

Der Mann, der sich gezwungen fühlte, litt außerordentlich, da er in einer schmutzigen Stadt lebte und sich alles, was ihn ekelte, essen sah. Er konnte kein Fahrzeug passieren, ohne sich unter dessen Rädern zu sehen. Er sah sich in jedem Loch verschwinden. Fuhr der Mann Zug, sah er sich in jedes Dorf und in jede Kreisstadt, die der Zug, ohne die Fahrt zu drosseln, passierte, ein Leben lang verbannt; die Tankstelle würde seine Tankstelle bis zum Tod, die Gaststätte seine Gaststätte bis zum Tod, die Hauptstraße seine Hauptstraße bis zum Tod. Zeitungen und Fernsehen waren dem Mann unerträglich. Er starb in Auschwitz, in Palästina, er sprang aus dem zweiundfünfzigsten Stock des World Trade Center. Er hatte jeden Tag Sex mit Dutzenden von Greisen, Dicken, nach Urin riechenden Obdachlosen, dem bärtigen Kollegen, seinem Chef. Man legte seinen Kopf auf eine Bordsteinkante und sprang mit Stiefeln darauf. Man schob ihm Bierflaschen in den Darm.

Der Mann, der sich gezwungen fühlte, entführte ein Kind und sperrte es in einen Keller. Er zwang es, Hundekot zu essen. »Da siehst du mal«, sagte er, der sich zum ersten Mal frei fühlte, »wie so was ist.«

Die Anwesenheit anderer Menschen war für Billy weder
Trost noch Halt gewesen, im Gegenteil, er hatte in Anwesenheit Anderer immer jede Haltung verloren, war plötzlich und wie aus dem Nichts, wie man sagt, nicht mehr
bei Trost gewesen. Er hatte *äußerlich ruhig* einen Raum be-
treten, einen Anderen gesehen und hatte sich augenblicklich in die verheerendsten Zustände hineingesteigert, in
Erregungen, die kein Zurück mehr kannten, jedenfalls
nicht in Gegenwart des Anderen. Nur langes Alleinsein
hatte ihn die Ruhe und Haltung wiederfinden lassen. Er
konnte viele Stunden irgendwelchen Tätigkeiten und Gedanken nachgehen, plötzlich klingelte das Telefon, und
die bloße Gegenwart des Anderen in der Leitung stürzte
ihn binnen Sekunden in eine Raserei. Von der Verzweiflung war nichts sichtbar, nichts spürbar gewesen, bis
das Telefon klingelte oder ein Anderer den Raum betrat.
Er selbst sagte, dass er von seinem sogenannten Innenleben nicht die geringste Ahnung habe, bis er die Stimme
eines Anderen höre, ein Anderer plötzlich den Raum betrete. Sein Innenleben existiere offensichtlich außerhalb
von ihm, im Raum *zwischen* ihm und den Anderen, die
mit seinem Innen- (oder Außen-) Leben aber nicht das
Geringste zu tun hätten, nur einen Strom zum Fließen
brächten, den es vorher nicht gegeben habe (denn nur ein
Strom, der fließt, ist ein Strom). Offenbar stehe er ständig
unter einer enormen Spannung, ohne es zu wissen. Tage-
und wochenlang könne er ruhig vor sich hin arbeiten
und vor sich hin denken, ohne das Geringste zu bemer-
ken, dann trete ein Anderer auf und bekomme einen
Schlag, der sowohl den Anderen als auch ihn selbst zu-

tiefst verwundere und verwunde. Vielleicht, so denke er, stehe er gar nicht permanent unter Spannung, sondern erblicke in dem Anderen nur eine *Verzweiflungsmöglichkeit,* eine *Aggressionsmöglichkeit,* und nehme diese dann wahr. Er betrete eine Bühne und fange, zwanghaft, sofort an zu spielen, einen fremden Text zu sprechen, Gesten und Mienen zu probieren. Er sei eigentlich ein ruhiger, introvertierter Mensch. Billy sagte: »Extrovertiert bin ich nur in Gegenwart Anderer.« In Gegenwart Anderer sei er ein anderer Mensch, ein Verrückter.

Die Wohnung schien, da die Fenster den Blick auf die braune, dampfende Ebene, die Stadt und die Berge freigaben, von großzügiger Geräumigkeit. Eines Tages jedoch erkannte Billy, dass die Stadt, die Ebene, die Berge nicht existierten. Er hatte ein Fenster im Wohnzimmer geöffnet, zum ersten Mal, er hatte die Wohnung im Winter gemietet, und im Rechteck der Laibung war nichts zu sehen gewesen, keine Stadt, keine Berge, keine Sonne, kein Himmel. Er war in die Küche gegangen, hatte das Küchenfenster geöffnet, dann das Fenster im Schlafzimmer, das kleine quadratische im Bad, das auf einen Ahorn ging – oder zu gehen schien, überall dasselbe: nichts. Billy begriff, dass er in der winzigen Wohnung gefangen war. Er verstand jetzt auch die Empfindung, die er gehabt hatte, wenn er mit der Bahn durch die Stadt gefahren oder durch Straßen und über Brücken gelaufen war. Er verstand, warum er die Weite, die ihn überall umgab, als furchtbare Enge hatte empfinden müssen. Der Grund war der einfachste – weil es die Weite nicht gab; weil jenseits von Haut und Kleidern, Mauern und Fenstern nichts existierte, worein er tatsächlich einen Fuß hätte setzen, was er tatsächlich hätte durchqueren, wo er einem Menschen hätte begegnen können. Das Land, das ihn mit seiner gerühmten Weite zu umgeben schien, existierte nicht. Er war im Nichts, das ihn umschloss und formte wie ein Wurstdarm, ein Nichts, gegen das sein Herz anpochte in wildem Rasen, dessen Enge er einatmete, gegen das seine Brust sich kaum anzuheben vermochte. Der Blick in die Landschaft war ihm nun unerträglich, doch den Blick durch die geöffneten Fenster, ins Nichts, hielt er auch nicht aus. Er kaufte Vorhänge, durch die kein Licht drang. In der Dunkelheit atmete er auf. Billy sagte: »Mich umgeben Bilder von täuschender Tiefe. Ich habe in ihnen keinen Ort, zu dem ich mich begeben könnte, sie sind bewohnt von keinem Menschen. Sie beginnen und enden im Fensterglas, auf meiner Netzhaut. Ich dachte, kein Mensch habe je in einer so weitläufigen Welt gelebt wie ich; tatsächlich lebte nie einer auf engerem Raum.«

DIE NASE

Nach dem Unfall mit der Nase, gab Magnus Landerholm
an, habe sich sein Leben vollkommen verändert, da er infolge des Nasenbeinbruchs die Geruchsfähigkeit vollständig eingebüßt habe, was dazu geführt habe, dass er sich
fortan durch eine geruchlose Welt bewegen musste und
muss, wie in einem Traum oder vielmehr Alptraum, sagte
Landerholm. »Oder riecht irgendjemand in seinen Träumen? Ich jedenfalls nicht. Vielleicht sind meine Träume,
oder besser gesagt Alpträume, aber auch erst geruchlos,
seit ich nicht mehr riechen kann, und ich erinnere mich
bloß nicht an die Gerüche in meinen früheren Alpträu-
men. Kann man sich an Gerüche erinnern, ohne sie zu
riechen? Gibt es eine innere Nase, wie es ein inneres
Auge gibt? Kaum«, so Landerholm. Seine Wachwelt habe
sich jedenfalls nach dem Unfall in eine Schreckenswelt
verwandelt, da alles Beruhigende mit Gerüchen, alles Be-
unruhigende dagegen mit dem Sehen verbunden sei, wie
Landerholm meinte. »Wenn ich mich in der Welt sicher
und zuhause gefühlt habe, auch in meinem Leben, in
meiner Haut sicher und zuhause, so sind es Momente in-
tensivsten Riechens gewesen, während meine schlimmste
Unruhe stets begleitet und ausgelöst worden ist durch
Bilder, äußere und innere. Horror ist Lateinisch und heißt
Starren, nicht Riechen«, so Landerholm. »Alle einfachen
Dinge riechen«, sagte Landerholm, »alle komplizierten
muss man sehen.« Selbst ein ekelhafter Geruch gebe einem noch das Gefühl der Existenz, der Seinsverbunden-
heit. Landerholm gab an, jeder Versuch, Kontakt zu einer
Frau herzustellen, sei infolge des Verlusts seiner Geruchs-
fähigkeit gescheitert, er vermute, teils, weil er die Frauen,

und teils, weil er sich selbst nicht riechen könne, vor allem aber aufgrund der Unruhe, die ihm diese aus zu vielen Bildern bestehende, doch völlig geruchlose Welt bereite. »Die Augen sind die Organe der Verzweiflung«, sagte Landerholm, »die Nase das Organ des Lebens.« Er würde alles tun, so Landerholm, um die Glocke, unter der er sich befinde, zu lüften, sich und die Welt wieder zu riechen.

DIE HÄSSLICHE

Gerda Löfstrand war in einer Weise hässlich, dass ihr Anblick eine Qual gewesen hätte sein müssen, doch keinem
fiel ihre Hässlichkeit auf. Nach ihr befragt, redeten alle
nur von sich selbst, von ihrer eigenen Hässlichkeit. Denn
Gerda war von jener Art Mensch, die den Blick des Be-
trachters zurückwendete auf ihn selbst, den Betrachter,
glauben ließ, die Hässlichkeit des Andern sei die eigene.
Der Betrachter sah ihre Hässlichkeit, meinte aber, wie in
einem Spiegel die eigene Hässlichkeit zu erblicken. Die
Menschen fanden also nicht Gerda abscheulich, sondern
sich selbst. Nachdem sie Gerda angeblickt hatten, wollten
sie sich sofort verstecken und nie wieder zum Vorschein
kommen. Selbst Menschen, die von der eigenen Schönheit überzeugt waren, konnten nach einer Begegnung mit
Gerda keinem mehr in die Augen sehen. Gerdas Mann
(denn sie war tatsächlich verheiratet) erzählte jedem, welches Glück er, der Hässlichste der Hässlichen, habe, eine
solche Schönheit zu besitzen. Doch eines Tages kam einer, der hatte einen starren Blick. Er hatte einen Blick,
der sich nicht zurückwenden wollte auf ihn selbst. Seine
Augen weiteten sich vor Entsetzen, als er Gerda erblickte.
Am Abend, als er mit dem Mann der Hässlichen allein
war, sagte er: »Entschuldigung, aber deine Frau ist ja unfassbar hässlich. Wie kannst du bloß mit ihr leben?« Der
Mann sagte: »Du irrst dich. Ich bin unfassbar hässlich,
sie ist eine Schönheit.« Der mit dem starren Blick sagte:
»Und du hast mir nie erzählt, dass deine Frau im Rollstuhl sitzt. Warum hast du mir das all die Jahre ver-
schwiegen?« Der Mann sagte: »Wie kommst du denn darauf? Gerda sitzt nicht im Rollstuhl. Sie ist der Inbegriff

von Gesundheit und Kraft. Ich bin es, der im Rollstuhl sitzt.« Der Andere antwortete: »Du bist ja verrückt. Schau dich doch an, du stehst ja auf zwei gesunden Beinen.« Der Mann der Hässlichen aber ließ sich nicht beirren. Er sagte: »Gerda liebt mich – trotz meiner unfassbaren Hässlichkeit und meiner Behinderung. Dafür werde ich ihr bis an mein Lebensende dankbar sein.«

TRAUM, TAUCHER ZU SEIN

Viele Jahre ist das Ziel, Taucher zu werden, das Einzige
gewesen, was meinem Leben einen Sinn gegeben hat. Jeden Tag habe ich über das Tauchen gelesen und über das
Tauchen nachgedacht, mich auf das Tauchen gefreut und
vorbereitet, in einer Weise, die es schon rechtfertigte, wie
ich dachte, von mir als einem Taucher zu sprechen. Heute
allerdings, nach mehr als fünfzehn Jahren der Vorfreude
und Vorbereitung, muss ich mich fragen, ob es nicht einen Grund hat, dass ich den letzten Schritt, den Tauchgang, nie gemacht habe. So groß meine Vorfreude gewesen ist, muss ich doch zugeben, dass die Vorstellung, einen Tauchgang gemacht zu haben und ein für alle Mal ein
Taucher zu sein, mir Übelkeit bereitet. Warum? Ich weiß
es nicht. Vielleicht ging es mir doch mehr um Vorfreude
und Vorbereitung. Wenn ich mit meinem Onkel am Sonntag spazieren ging, ihn im Rollstuhl vor mir herschob ent-
lang Årstaviken, habe ich immer gezittert vor Erwartung,
dass er mich auf das Tauchen ansprechen, ich vom Tauchen würde berichten können. Ich habe jede Einzelheit
über das Tauchen aufgesogen, mein Wissen über das Tauchen ständig erweitert. Das hat mir große Befriedigung
bereitet. Aber das Tauchen selbst ist doch etwas Anderes.
Zum Beispiel ist es mir ein Graus, den Kopf unter Wasser
zu haben. Das ist mit Sicherheit ein Grund, warum ich
bis jetzt nicht getaucht bin und vielleicht niemals tauchen
werde. Außerdem ist es fast unmöglich, ganz allein und
in Ruhe zu tauchen. Auf einem Boot braucht man Besatzung; am Ufer bildet sich sofort eine Menschenmenge.
Selbst wenn nur wenige Leute den Einstieg beobachtet
haben, erwarten Hunderte den Aufstieg. Die Wasserober-

fläche durchbrechen und in hundert Gesichter sehen?
Aber unten bleiben kann man auch nicht. Wer unten
bleibt, ist bloß ertrunken, nicht getaucht. Vielleicht sollte
ich den Gedanken ans Selbertauchen aufgeben. Warum
sich nicht sein Leben lang darauf vorbereiten? Immer-
hin hat mich die Vorbereitung auf das Tauchen bisher, in
jedem Sinn, über Wasser gehalten.

ICH FALLE DURCH DIE TAGE

Wer
hatte
bloß
in
allen
Häusern /
die
Treppen
abge-
schlagen /
dass
nur
Flüge
oder
Stürze /
also
Stürze
möglich
waren. /
Von
Etage
zu
Etage /
Sekunde
zu
Sekunde /
»Sosehr
ich
mit
den

Flügeln
schlage: /
Ich
falle
durch
die
Tage.«

DAS MESSINSTRUMENT

Billys Zustand war so gewesen, dass er die sogenannte gesellschaftliche Entwicklung stets am eigenen Leib erfuhr. Was die Forscher erst viele Jahre erforschen mussten, konnte Billy sofort an seinem Körper beobachten. Keine gesellschaftliche Entwicklung entging ihm. Bald hatte seine Fähigkeit oder Empfänglichkeit sich herumgesprochen. Die Forscher befragten Billy, bevor sie ihre Hypothesen formulierten. Nach einiger Zeit konnten sie es bestätigen: Alle gesellschaftlichen Entwicklungen bildeten sich tatsächlich vollständig in Billy ab. Verständlicherweise war es für ihn unerträglich, alle Entwicklungen persönlich zu verkörpern und zu empfinden, die Wirkungen aller Ursachen zu erfahren und zu sein. Billy sagte: »Ich halte es nicht aus, dass die gesellschaftliche Entwicklung meine Entwicklung ist. Ich kann mich nicht wehren. Ich habe der Gesellschaft nichts entgegenzusetzen. Ich bin die Vorhut der Gesellschaft, aber eine stets nach vorne geschubste, vorwärtsgedrängt wie der Gefangene zum Hinrichtungsplatz.« Eines Tages stellten die Forscher allerdings fest, dass sich nicht mehr alle ihre Hypothesen bestätigen ließen. Immer häufiger war die gesellschaftliche Entwicklung schlimmer als aufgrund der Beobachtungen an Billys Körper angenommen. Schließlich hörten die Forscher auf, Billy zu befragen. Sie sagten: »Billy verkörpert die gesellschaftliche Entwicklung nicht mehr. Das ist ein Verlust für die Forschung, aber ein Gewinn für Billy. Die Jahre, in denen er das ideale Messinstrument gewesen ist, sind seine schlimmsten Jahre gewesen. Dieser Mensch, der immer alle gesellschaftlichen Entwicklungen am eigenen Leib gespürt hatte, wollte sich permanent *entleiben*.

Jetzt, da er sich ein bisschen abseits der gesellschaftlichen Entwicklung befindet, hat er eine Chance, ein zufriedenes, zumindest mögliches Leben zu führen. Nichts ist so furchtbar, wie die gesamte Gesellschaft zu spüren. Jede eigene Entwicklung ist dann praktisch ausgeschlossen. Wir wünschen Billy viel Glück.«

DER AGENT

Der Agent hatte gelernt, Arabisch zu sprechen, auch zu denken und zu träumen, um sich in islamistische Kreise einzuschleusen. Davor hatte er gelernt, journalistisch zu sprechen, zu denken und zu träumen, um sich in journalistische Kreise einzuschleusen. Davor hatte er gelernt, soziologisch und psychologisch zu sprechen, zu denken und zu träumen, um sich in soziologische und psychologische Kreise einzuschleusen. Davor hatte er gelernt, linksradikal zu sprechen, zu denken und zu träumen, um sich in linksradikale Kreise einzuschleusen. Davor hatte er gelernt, Punk zu sprechen, zu denken und zu träumen, um sich in Punkkreise einzuschleusen. Davor hatte er gelernt, Französisch zu sprechen, zu denken und zu träumen, um sich in französische Kreise einzuschleusen. Davor hatte er gelernt, die Comic- und Fernsehseriensprache zu sprechen, zu denken und zu träumen, um sich in Comicleser- und Serienzuschauerkreise einzuschleusen. Davor hatte er gelernt, die Muttersprache zu sprechen, zu denken und zu träumen, um sich in Mutterkreise einzuschleusen. Der Agent wusste, dass das zur Arbeit gehörte. Dennoch litt er furchtbar unter der stets totalen Anpassung an sein Operationsfeld. Das Versinken in der Muttersprache war die schmerzvollste und entwürdigendste Anpassung gewesen, die der Agent über sich gebracht hatte, um nicht aufzufallen und in seinem Operationsfeld zu überleben. Er sagte: »Einmal sah ich, wie ein Soldat mit dem MG auf einen Wassertank schoss. Aus allen Löchern kam das Wasser. Es war ein schöner Anblick. Ich möchte, dass alle Sprachen aus mir herauslaufen, wie das Wasser aus diesem Tank. Eines Tages, wenn ich in den

Ruhestand gehe, möchte ich alle Sprachen vergessen, die ich mir aus *beruflichen Gründen,* aus *schierer Todesangst* perfekt angeeignet habe. Wenn ich ganz leer bin, möchte ich noch einmal hineingehen in die Welt und Worte wie Pilze sammeln.«

GEWÖHNLICHES FEUER

Der Vater erzählte Billy eine Geschichte. »Als du klein gewesen bist, sechs Monate vielleicht, habe ich mich mit dir in einem Haus auf dem Land vor den Kamin gesetzt. Du hast hineingestarrt in diese Ungeheuerlichkeit, bis ich bemerkte: ›Das ist Feuer.‹ Du hast hochgesehen zu mir, dann wieder hinein in den Kamin, und ein Ausdruck von Ernüchterung, Enttäuschung zog über dein Gesicht, als wolltest du sagen: ›Ach so, Feuer. Was sonst. Das gute, altbekannte Feuer. Natürlich. Für mich ist es eben noch eine Ungeheuerlichkeit gewesen, dabei ist es nichts als Feuer. Gewöhnliches, alltägliches Feuer.‹«

Gut zwanzig Jahre später starrte Billy wieder hinein in eine Ungeheuerlichkeit. Sechs geschlagene Jahre sah er von früh bis spät hinein in die Ungeheuerlichkeit. Er hatte sie vor sich, wenn er erwachte, und noch in der Sekunde, in der er einschlief. Sogar im Schlaf, in seinen Träumen, verschwand die Ungeheuerlichkeit nicht. Billy lebte in der Ungeheuerlichkeit. Dann, eines Tages, sagte er zu sich selbst den Satz: »Ich habe Angst.« Er dachte: »Die Ungeheuerlichkeit ist nichts als Angst. Was sonst. Sehr große, doch gewöhnliche, alltägliche Angst.« Er wiederholte sich den Satz jeden Tag: »Ich habe Angst.« Jedes Mal spürte er eine Erleichterung. Von nun an lebte er meist in der Angst, nicht mehr in der Ungeheuerlichkeit.

Billy dachte: »Das ist die Verantwortung von Vater und Mutter: immer zu wissen, dass sie für das Kind nicht Vater und Mutter sind, sondern, ein Leben lang, Ungeheuerlichkeiten. Die meisten Menschen können frühestens mit dreißig oder vierzig Jahren denken: Das ist nur ein Vater, eine Mutter, nichts sonst. Ein gewöhnlicher, alltäglicher

Vater, eine gewöhnliche, alltägliche Mutter.« Billy wiederholte sich den Satz jeden Tag.

UNTERWEGS

Kaum ein Mensch war je unterwegs. Die meisten blieben, auch wenn sie irgendwohin fuhren, in Gedanken daheim und waren zugleich schon ganz am Ziel, nur ein verschwindender, notwendiger Rest von ihnen bewegte sich zwischen dem einen und dem andern Ort wie ein elektronisches Signal zwischen zwei Rechnern. Wenn Billy dagegen unterwegs war, war er wirklich unterwegs. Nichts blieb zuhause zurück, nichts war schon am Ziel. Körper und Geist waren buchstäblich restlos, auf schmerzlichste Weise unterwegs. Wenn Billy in einem Zug saß, war er nur in diesem Zug, nirgends sonst. Wenn er durch fremde Straßen ging, ging er ausschließlich durch diese Fremde. In einem Flugzeug, viele tausend Meter über der Erde, zwischen den Ländern, war Billy zur Gänze in dem Flugzeug, zwischen den Ländern. Selbst wenn er mit der U-Bahn zur Arbeit fuhr, war ihm nicht mehr klar, woher er kam, wohin er unterwegs war. Er existierte zu hundert Prozent in der überfüllten, Urin- und Schweißgeruch atmenden U-Bahn. Die Menschen um ihn herum waren dann tatsächlich *die einzigen Menschen in seinem Leben.* So kam es, dass jedes Mal, wenn Billy zufällig in ein Paar freundliche Augen sah, er meinte, dort sei sein Zuhause, sein Ziel. Nur mit großer Mühe konnte er sich klarmachen, dass dieser Mensch ein fremder war, dem Billy gleichgültig sein musste, der nicht einmal *anwesend* war an diesem Ort, denn er war ja teils noch daheim, teils schon am Ziel, und das, was Billy sah, war nur der notwendige Rest, den der Mensch auf die Reise geschickt hatte, nicht mehr als ein elektronisches Signal zwischen zwei Rechnern, während Billy hier der einzige wahrhaftig Reisende war, der einzige Mensch, der tatsächlich und restlos in diesem Wagen saß.

HEUTE

Billy hatte keine Probleme, die in der Vergangenheit lagen. Seine Toten waren samt und sonders heute tot. Die, die von ihm fortgegangen waren, waren zweifellos auch heute fort. Heute besonders.

Alle Worte, wann immer gesagt, galten. Sie hallten in Billys Ohren. Die große Rückrufaktion hatte nie stattgefunden. Die Gemeinheit trug das Datum des Tages. Alles Alte war wie neu. Der Hund, der Billy biss, mochte Geschichte haben, einmal geboren worden sein, doch die Wunde – und das Beißen –, sie waren jetzt.

Billy sagte: »Alles, was weh tut, ist jetzt.«

Die, die geschwankt hatten, waren: Schwankende. Die, auf die kein Verlass gewesen war, waren: Unzuverlässige. Die, die Gewalt gebraucht hatten, waren: Gewalttätige. Billy brauchte sich an gar nichts zu erinnern, alles war noch in der Welt. Die Währung, gestern eingebrochen, war heute nicht stabil zu nennen. Das Land, in dem gestern noch Krieg herrschte, war heute nicht friedlich; es herrschte höchstens Gefechtsruhe.

»Meine Ruhe ist Gefechtsruhe. Mein Zustand Alarmzustand«, sagte Billy.

Jeden Morgen erwachte Billy mit schreckgeweiteten Augen, weil *haargenau im Augenblick seines Aufwachens sich alles ereignete.* Und dann: wieder und wieder und wieder. Das Führen eines Tagebuchs wollte Billy schon deshalb nicht gelingen, weil er niemals etwas unter einem Datum hätte zu Papier bringen können. Schon das Schreiben des Datums brachte ihn an den Rand einer Ohnmacht. Billy sagte: »Heute ist wieder alles geschehen. Alles, was jemals geschehen ist, geschieht mir gerade jetzt. Wer wollte dazu einen putzigen Eintrag verfassen.«

ZU VIEL

Hinter ihm lag
kein Zahnarzttermin
kein hektischer Tag
kein Umzug
keine Woche mit Grippe
keine Reise nach Paris
kein bewegtes Jahr
sondern –: DIE VERGANGENHEIT.

Vor ihm lag
kein Arbeitsgespräch
kein aufregender Tag
kein Ausflug ans Meer
keine harte Woche
kein wichtiger Auftrag
kein Sommer, kein Herbst
sondern –: DIE ZUKUNFT.

Wie gerne hätte er gesagt:
Ich hatte eine harte Woche
aber jetzt freue ich mich
auf den Ausflug ans Meer.

Oder:
Ich komme gerade vom Arzt
und muss jetzt schnell
zu einem Arbeitsgespräch.

Stattdessen musste er immer sagen:
Ich komme *in dieser Sekunde*
aus der VERGANGENHEIT
und laufe in Richtung ZUKUNFT.

DER KALENDER

Er rechtet mit Ertrunkenen.
Er redet mit dem schwarzen Vogel.

In seinem Kalender
stehn nur Gefühle.

Es wird nicht Morgen
sondern Angst.

Es wird nicht Mittag
sondern Scham.

Es wird nicht Abend
sondern Leere.

Es
wird
nicht
Nacht

————

In Gänze rollt
die Welt über den langen Tisch
der Konferenz die pausenlos tagt.

Wo
sind die Minuten Sekunden
die feinen Sprossen
auf denen er
den Tag herabgestiegen ist
einst

ins kniehohe Gras.

DIE JAHRE IM EXIL

Erik Ribbing floh in ein Land, in dem man geistige Berufe nicht kannte. Alle Tätigkeit war handwerkliche Tätigkeit. Alle Rangordnung war handwerkliche Rangordnung. Die Fertigkeiten, die allein zählten, waren Geschick, Augenmaß, räumliches Denken, technisches Zeichnen. Es ging darum, ob einer mit einem Balken auf der Schulter über einen Dachstuhl balancieren, einer einen Motor schnell und korrekt durchmessen könne, einer das Rundschleifen, Flachschleifen und Tiefschleifen beherrsche, einer schwindelfrei sei, ein gutes Farbsehvermögen habe, einer den Materialverbrauch niedrig zu halten, die meisten Reste zu verwerten in der Lage sei. Die Elite des Landes war eine handwerkliche Elite. Die unterste Schicht bestand aus jenen, denen jede handwerkliche Tätigkeit schwerfiel, für die schon die leichtesten handwerklichen Tätigkeiten wie das Ausmessen eines Gegenstandes oder die Demontage und das Zusammensetzen von Bauteilen eine Unmöglichkeit waren. Ribbing arbeitete als Bauhelfer. Er war eine Hilfskraft, sein Ansehen gering. Dennoch behandelte man ihn freundlich. Die gegenseitige Verständigung geschah mit wenigen Wörtern und Abkürzungen. »Hammer.« – »Dreißig von der Mitte aus.« – »Steig ein.« – »ADS.« – Die meiste Zeit wurde geschwiegen. Ribbing lebte fünfzehn Jahre im Exil. Von den Büchern, die er auf der Flucht hatte mitnehmen können, rührte er keines an. Zu Beginn hatte er nicht die Ruhe gehabt, war stets zu müde gewesen. Dann waren es die Fremdheit und Missachtung, die ihm aus den Büchern entgegenschlugen, sie ihm unmöglich machten.

TOURISTEN

Die Touristen durchwanderten die Viertel, die reich waren an Vergangenem. Sie standen vor Häusern, in denen einmal einer gelebt hatte, sie saßen in Cafés, in denen häufig einer gesessen hatte. Sie besuchten die Friedhöfe, wo die lagen, die in den Häusern gelebt, in den Cafés gesessen hatten. Die Touristen pflegten einen Todeskult. Sie erschienen, wo alles legendär, verschwunden, tot war. Sie bewegten sich auf der Spur des Verschwundenen. Alle Adressen, die in den touristischen Führern standen, waren veraltete Adressen. Alle Namen waren die Namen von Toten. Die Touristen gingen herum mit ihren vollständigen Büchern und fanden doch immer nichts. Das Nichts war ihr Ziel. Überall, wo an die Stelle von etwas nichts getreten war, erschienen die Touristen. Es waren die Städte, die nichts als Vergangenheit waren, idyllische Orte, die nur noch Fassade waren. Die Touristen wiesen jeden Ort, den sie besuchten, als Friedhof aus. Sie waren die Leichenfliegen der Zivilisation, die Geier, die über Städten und Kulturen kreisten, die im Sterben lagen. Der Tourismus war ein Zeichen dafür, dass der Ort, an dem er stattfand, tot war oder sterbend. Die Touristen kamen immer zu spät. Sie bezeugten nur die Verluste. »Ich kenne das«, sagte Billy. »Ich bin seit Jahren und Jahrzehnten ein Tourist in meinem Leben. Ich durchwandere die Viertel, die reich sind an Vergangenem. Ich stehe immer wieder vor den Häusern, in denen einmal einer gelebt hat. Ich sitze in den Cafés, in denen häufig einer gesessen hat. Ich besuche die Friedhöfe.«

DIE ÄUSSERE MITTE

Immer wenn Billy, abseits der Menschen, auf langen Gän-
gen im Wald oder im Zimmer seine *innere Mitte* gesucht
hatte, war er im Gegenteil gestoßen auf seine *innere Ex-
zentrik*. Allein im Wald oder im Zimmer war er gestoßen
auf Berühmtheitsfantasien, Sexfantasien und Gewaltfantasien, nichts sonst. Tatsächlich besaß er keine innere, nur
eine äußere Mitte. Es waren die Menschen. Sie waren
seine Mitte. Sobald er abseits der Menschen war, war er
sofort abseits der Mitte. Jede sogenannte ruhige Minute
war tatsächlich eine Minute unvorstellbaren Lärms. Jede
Besinnlichkeit führte in den Wahnsinn. Andere Leute ge-
rieten außer sich im Menschengetümmel der Straßen, er
allein im Wald und im Zimmer. Andere wurden durch
Bilder, Töne abgelenkt, zerstreut, er von der Stille, der
Dunkelheit. Jahrelang hatte Billy sich in Zimmer und
Wälder zurückgezogen, um seine innere Mitte zu finden,
und hatte stattdessen nur Berühmtheitsfantasien, Sexfantasien und Gewaltfantasien gefunden. Er hatte die Menschen gefürchtet als Ablenkung und Zerstreuung. Er hatte nicht gewusst, dass *sie* seine Mitte waren, er in ihrer
Mitte in seiner Mitte war. Tatsächlich hatten nur 2,3 Prozent aller Menschen eine innere Mitte, während 97,7 Prozent aller Menschen eine äußere Mitte hatten die meisten,
ohne es zu wissen. 83,6 Prozent der Menschen mit äuße-
rer Mitte versuchten tatsächlich ständig, durch Rückzug,
Einsamkeit, Meditation, Therapie, Spazierengehen, Allein-
reisen, Selbstgespräche ihre innere Mitte zu finden, die es
in Wahrheit nicht gab.

DIE BILDER

Von Stieg Ericssons Körper waren ihm nur Bilder geblieben. Sie hingen an der Wand. Sie zeigten einen Mann im kurzärmeligen Hemd, seine kräftigen Unterarme, sie zeigten ihn mit freiem Oberkörper stehend im Garten, sie zeigten ihn nackt, als die Schönheit, die er gewesen war, ausgestreckt auf dem Bett, in dem er jetzt Tag und Nacht lag, ohne Arme, ohne Beine, der Oberkörper verbrannt und verdreht. Einzig Ericssons Kopf war fast unversehrt geblieben. Wenn er Besuch bekam von der Frau, die er im Rehabilitationszentrum kennengelernt hatte, beobachtete er sie beim Betrachten der Bilder. Einmal sah er, dass sie ihren Zeigefinger auf ein Bild legte. Ericsson sagte: »Erst nach meinem Unfall habe ich gemerkt, dass die Trennung in die Bilder einerseits, den furchtbaren, unberührbaren Stumpf andererseits bereits seit vielen Jahren bestanden hatte. Ich selbst bin es gewesen, der den Körper restlos in Bilder verwandelt hat. Durch das permanente Training hat mein Körper sich keineswegs ausgedehnt, wie ich dachte, sondern ist weniger geworden, bis er dünn war wie Fotopapier. Ich bekam durch das Training nicht mehr Körper, sondern immer weniger. Am Ende war mein Körper verschwunden. Ich war unberührbar geworden. Jenseits der Bilder gab es nur Geschrumpftes und Verstümmeltes, Verbranntes und Verdrehtes. Ich wusste viele Jahre nicht, was mit mir los war. Ich spürte es nur bei jeder vergeblichen Berührung, die Finger auf Papier, das Zerstörte dahinter. Der Unfall hat mir die Augen geöffnet. Jetzt ist es offiziell.«

DIE ER GELIEBT HATTE

Sie war ohne Reiz
und Eigenschaft.

Sie war sein Du.

Rettend erst.
Dann vernichtend.
Noch zwei Leben
später wusste
er zu Aussehen
und Wesen
nichts anzugeben.

Sie war am Himmel
plötzliches Gestirn.
Es wurde Tag.
Sie wärmte brannte
ihn zu Kohle
versank und ließ
zurück ihre Nacht.

Nach ihr waren
der Reizvollen viele.
Störend waren
viele Eigenschaften.

Nie wieder trat er
ins Licht eines Du.

DER ONKEL

Der verkrüppelte Onkel war ein guter Beschreiber, aber ein unerträglicher Mensch. Er erzählte Oskar in einem fort von den Frauen, die er am Tag gesehen hatte. Er pries sie Oskar an, schilderte ihre Schönheit, malte die Wonnen der Ehe aus. Während der verkrüppelte Onkel redete, verfiel er in einen Flüsterton und eine noch geducktere Haltung als üblich und schilderte Oskar die Genüsse in einer abstoßenden Weise. Wenn Oskar eine Frau dann das erste Mal selbst zu Gesicht bekam, konnte er nicht anders, als an das Geflüster des Onkels zu denken, an die Handlungen, die der Onkel ausführlich geschildert hatte und die nun unauflösbar verbunden waren mit dem Bild des verkrüppelten Onkels, seiner verkrümmten Haltung, dem Flüsterton. Der Onkel saß den ganzen Tag in seinem Rollstuhl draußen auf der Straße. Keine Frau konnte ihm entgehen. Oskar hatte alle Frauen der Stadt durch den Onkel kennengelernt, er hasste ihn dafür. Oskar musste bei allen Frauen immer an den Onkel denken, fühlte sich von ihnen bedrängt schon im ersten Augenblick. Er lief, trotz großer Sehnsucht und Anziehung, vor den Frauen weg wie zuhause vor dem Onkel, der morgens und abends im Rollstuhl hinter ihm herrollte, durch alle Räume, in einem fort redend, flüsternd von den Frauen. Die Tatsache, dass der Onkel mit keiner Frau leben konnte (nach dem Unfall und dem Tod der Tante), hatte ihn zu einem leidenschaftlichen Beschreiber und einem unerträglichen Menschen gemacht. Der Unfall hatte ihn zum Krüppel, Erzähler und Quäler gemacht.

OBST

Marcus Örtendahl hatte zehn Jahre kein Obst gegessen. Obst im Mund zu haben, war ihm zuwider gewesen. Es hatte in jäh und unvorbereitet in eine andere Welt gestoßen, es war immer ein Schock gewesen. Obst im Mund zu haben, war für Örtendahl das Gleiche gewesen, wie plötzlich die Zunge eines Menschen oder noch Intimeres im Mund zu haben, nur die Zunge, nur das Intimste, ohne jedoch dass ein Mensch zugegen war. Er hatte in der Küche gestanden und plötzlich eine Zunge im Mund gehabt, ein Geschlecht. Er hatte darauf kauen sollen, es zerbeißen und herunterschlucken. Er hatte es ausgespuckt, in die Spüle gespuckt. In Örtendahls Mund war seit Jahren kein Geschlecht mehr gewesen und keine Zunge als die seine. Der Mund sehnte sich danach, doch was er bekam, war Obst, einen pflanzlichen Ersatz und pflanzlichen Schock. Örtendahl hatte immer wieder, ohne sich etwas zu denken, Obst in den Mund genommen, dann hatte er gelernt und alles Obst gemieden. Tatsächlich hatte Örtendahl auch fremde Zungen und Geschlechtsorgane gemieden, weil er irgendwann festgestellt hatte, dass sie lose, wie Stücke von Aprikosen, Pfirsichen oder Bananen, in seinem Mund lagen, als seien sie abgetrennt und kein Mensch zugegen. Er hatte also Obst, Zungen und Geschlechtsorgane gemieden, hatte Kaffee getrunken, Zigaretten geraucht, nur gut durchgebratenes Gemüse und gut durchgebratenes Fleisch gegessen, am liebsten bretthart gebackene Pizza und Bitterschokolade.

Heute kam ihr dritter Brief. Dabei war er mit seiner Antwort auf den ersten noch nicht fertig. Den zweiten Brief hatte er, durch Ergänzungen und Umstellungen, noch versucht zu berücksichtigen. Doch jetzt musste er von vorn anfangen, alles Geschriebene war überholt vom Gang der Ereignisse. Er war sicher, dass ihr vierter Brief eintreffen würde, bevor er mit der Antwort auf die ersten drei fertig war. Schon in ihrem ersten Brief hatte sie ihm vorgeworfen, dass er ihre Briefe nicht beantworte, in allen folgenden hatte sie den Vorwurf naturgemäß wiederholt. Mit jedem Brief, den sie schrieb, war der Vorwurf – waren alle ihre Vorwürfe – nur umso mehr berechtigt, ein weiteres Mal bestätigt. Umso ausführlicher musste er seine Verteidigung ausfallen lassen. Doch damit begab er sich der Chance, jemals eine Antwort zu verfertigen, bevor sie mit einem neuen Brief seine Antwort zunichtemachte. Wie groß würde ihre Verletzung sein, wenn er jetzt auf alle ihre Briefe nur mit einem ganz kurzen Brief antworten würde, einer lakonischen Note, wie recht würde sie mit allem haben, was sie über ihn schrieb. »Dein fortwährendes Schweigen! Deine Unfähigkeit zu reagieren! Deine Versteinerung! Deine Weigerung, dich zu bekennen, eine Entscheidung zu treffen!« Tatsächlich hatte sie in der Beziehung vom ersten Tag an einen Vorsprung gehabt, den er nicht hatte aufholen können, der seitdem nur immer noch größer geworden war.

QUELLE WERDEN

Der Geisteswissenschaftler Love Enquist aus Malmö hatte beim Verfassen seiner Werke immer, wenn er einen Gedanken hatte, den vor ihm schon ein Anderer gehabt hatte (und alle Gedanken, die Enquist hatte, hatten betrüblicherweise schon Andere vor ihm gehabt), den jeweiligen Autor und Urheber wörtlich zitiert und gewissenhaft auf die Quelle verwiesen. Das Verfahren war Enquist derart in Fleisch und Blut übergegangen, dass er auch alle Gefühle, die er hatte, immer wörtlich zitierte und korrekt auf die – ihm leider stets unbekannte – Quelle hinwies, denn auch alle Gefühle, die Enquist hatte, hatten Andere schon vor ihm gehabt. Enquist sagte: »Zitat: Ich liebe dich. Quelle unbekannt.« Oder: »Zitat: Ich hasse euch. Quelle unbekannt.« Oder: »Zitat: Ich schäme mich meiner Unfähigkeit und meiner Wertlosigkeit. Quelle unbekannt.« Enquist gab an, es sei sein größter Wunsch, im Leben einmal einen Gedanken zu denken, den noch keiner gedacht, einmal ein Gefühl zu fühlen, das noch keiner gefühlt habe. Er sei das immerwährende Zitieren leid. Er wolle selber Quelle werden. Enquist sagte wörtlich: »Zitat: Mein größter Wunsch ist es, im Leben einmal einen Gedanken zu denken, den noch keiner gedacht, einmal ein Gefühl zu fühlen, das noch keiner gefühlt hat. Ich bin das immerwährende Zitieren leid. Ich will selber Quelle werden. Quelle unbekannt.«

SOFORTHILFE

Ein fünfunddreißigjähriger Mann wurde, völlig erschöpft, in das psychiatrische Krankenhaus von Örebro eingeliefert. Er sagte: »Das Einzige, was die Zukunft und die Vergangenheit voneinander trennt, was sie hindert, einfach zusammenzufließen zu einem Meer von Zeit, bin ich. Ich stehe eingeklemmt zwischen Vergangenheit und Zukunft wie in einem gigantischen automatischen Stahltor. Es droht, mich zu zerquetschen. Tatsächlich sind es mehrere Tore: Ich halte auch Links und Rechts auseinander, Vorne und Hinten, Oben und Unten. Verstehen Sie? Ohne mich würde auch der Raum sich schließen wie ein durch Schlag zersprengtes Wasser, keine Richtung kennen, in Formlosigkeit zergehen. Was für eine unmenschliche Aufgabe! Ich kann nicht mehr! Können Sie nicht bitte diese Bärenfalle von Zeit – und die des Raumes ebenso – auseinanderhalten, so dass ich unbeschadet herauskomme, und anstelle meiner Person etwas Anderes hineinklemmen, einen Holzblock vielleicht?« Noch in der Notaufnahme hielten mehrere besonders starke Pfleger sowohl die Zeit als auch den Raum auseinander, so dass der Mann seiner schwierigen Lage entkommen konnte. Sie ersetzten den Geretteten, der der Bewusstlosigkeit nahe war, durch einen Tisch aus dem Wartezimmer. Das Angebot eines frisch gemachten Bettes nahm der Mann glücklich dankend an.

An diesem Tag hatte Ove Tallgren zehn Mal seine Gefühle gezeigt und zehn Mal seine Gefühle verborgen.

Er hatte das Wetter gepriesen, über den Scherz eines Kollegen geschmunzelt, hatte sich an einer Stelle, die juckte, gekratzt, hatte aua gesagt, nachdem er sich an einem Türrahmen gestoßen hatte, hatte Ja gebrüllt, nachdem er ein Tor geschossen hatte, hatte vor Müdigkeit gegähnt und die Faust geballt, als ihm die U-Bahn davonfuhr, hatte auf die Frage eines Unbekannten den Kopf geschüttelt, hatte über den Witz eines Freundes gelacht und war auf die Toilette (beinahe) gerannt.

Er hatte *nicht* den vorzeitigen Tod seines Vaters beweint, hatte nicht die Frau in der U-Bahn geküsst, in der U-Bahn nicht masturbiert, seinen Chef nicht ins Gesicht geschlagen, nicht den Scherz des Kollegen mit steinerner Miene quittiert, nicht, nachdem er sich gestoßen hatte, gegen den Türrahmen getreten, hatte sich nicht auf der Stelle hingelegt, um zu schlafen, hatte die jungen Männer, die ihn aus dem Auto heraus erschreckt hatten, nicht mit einer Maschinenpistole in die Köpfe geschossen, hatte sich selbst nicht ins Gesicht geschlagen, hatte sich nicht aus dem Fenster auf die Straße gestürzt.

An einem Mittwoch Anfang September machte Tallgren es umgekehrt. Es war der Tag der großen Gefühle.

BESCHREIBUNGEN

Ich bin wie   *von unten nach oben aufgerissen*
Ich bin wie   *aus mir selbst herausgepresst*
Ich bin wie   *ein Haus in dem es brennt*

Es ist als   *sei die Welt von mir abgerissen*
Es ist als   *sei ich ein Wesen ohne Haut*
Es ist als   *käm ich selbst nicht mehr vor*
Es ist als   *sei ich von allen verlassen*
Es ist als   *sei mein Kopf eine Leinwand*
Es ist als   *sei mein Leib Hühnerfleisch*
Es ist als   *sei ich immer unter Wasser*

Ich bin   NUR NOCH   Beschämung
Ich bin   NUR NOCH   Verlangen
Ich bin   NUR NOCH   Schmerz
Ich bin   NUR NOCH   Angst
Ich bin   NUR NOCH   Ekel
Ich bin   NUR NOCH   Wut

ER ist   EIN KOPFMENSCH
ER ist   UNBERECHENBAR
ER ist   KREIDEWEISS

(…)

Mikael Lundby wurde mitten aus dem Leben gerissen. Er hinterließ eine Probe seines Talents, ein Haus im Rohbau, eine Frau, die gerade die erste Falte zwischen Nasenflügel und Wange entdeckt hatte, und zwei Kinder, drei und sechs Jahre alt. Lundbys Körper und Geist waren auf der Höhe ihrer Möglichkeiten gewesen. Carl-Johann Lille starb auf den Tag genau am Ende seines Lebens. Er arbeitete schon seit Jahrzehnten nicht mehr und war aus dem Haus, in dem er mit seiner Familie gelebt hatte, längst aus- und umgezogen in ein Altenheim, seine Frau und die meisten seiner Freunde waren tot, die Kinder lebten in anderen Städten und besuchten ihn nicht öfter als zwei Mal im Jahr (denn sie standen nun mitten im Leben). Über seinen Körper und seinen Geist verfügte Lille schon lange nicht mehr, er begegnete ihnen noch seltener als seinen Kindern. Hören und Sehen waren ihm beinah vergangen. Carl-Johann Lilles Leben bestand darum aus der reinen, verstreichenden Zeit. Auf die Frage, welches dieser Schicksale er vorziehen würde, sagte Billy: »Wenn ich mitten im Leben stünde wie Lundby und zugleich am Ende des Lebens wäre wie Lille, dann zu sterben, schiene mir das Schlimmste. Aus dem Grund habe ich jahrelang die größte Todesangst gehabt.«

DIE KÜNDIGUNG

Ich habe den Mann gefeuert. Er hat mir nichts als Är-
ger gemacht, nie war er mit irgendetwas zufrieden. Je
mehr ich ihm nachgab, desto mehr verlangte er. Durch
das kleinste Zugeständnis schien er aus einer Totenstarre
zu erwachen, gebärdete sich, wie man sagt, wie wild.
Am Ende wusste hier keiner mehr, wer von uns das Sagen hatte. Ich fand ihn schlafend eingerollt unter seinem
Schreibtisch. Tagelang saß er gepresst ans Fenster, blickte
traurig-hoffnungsvoll in den Regen hinaus. Ein andermal
hatte er Musik angestellt, tanzte durch das Büro, das er
mit zwei Kollegen teilte. Mit seiner flügelschlagenden,
laut-einschüchternden Art stellte er den Betrieb auf den
Kopf. Was er begehrte, es duldete keinen Aufschub. Wie
hätte ich reagieren sollen? Mir blieb nichts, als ihn zu
entlassen. Immer wieder hob er mich hoch und trug mich
durch die Firma. Eine Dreiviertelstunde lang, einen ganzen Tag. Trotz mehrmaliger Aufforderung wollte er mich
nicht absetzen. Im eigenen Unternehmen wurde ich zur
lächerlichen Gestalt. Seltsamerweise fiel der Abschied mir
schwer. Als er seinen Schreibtisch räumte, verließ ich das
Haus. Niemand sollte meine Tränen sehen. Dennoch, der
Entschluss steht fest, ein für alle Mal. Ich werde künftig
ohne ihn arbeiten.

DAS EINZIGE

Emil Palin sagte: »Ich hatte dieselben Probleme mit dem Leben wie die großen Künstler, die aus diesen Problemen Kunst machten. Ich hatte auch dieselben Gedanken zu den Problemen wie die Künstler, die diese Gedanken zu den Problemen in ihrer Kunst Gestalt annehmen ließen. Ich hatte sogar auch dieselben Ideen wie die Künstler, wie man die Probleme und die Gedanken zu den Problemen in der Kunst Gestalt annehmen lassen könnte. Ich hatte aber *auch noch* das Problem, dass ich aus irgendeinem Grund aus den Problemen, Gedanken und Ideen keine Kunst machen konnte. Das war das Einzige, was mich von den großen Künstlern unterschied. Ich war ganz nah dran.« Palin machte mit dem rechten Daumen und dem Zeigefinger die Knappheitsgeste. »Die Tatsache, dass ich mich in der Kunst oft genau wiedererkannt habe, hat mir klargemacht, dass diese Kunst von mir sein könnte. ›Das könnte von mir sein!‹, habe ich immerzu gerufen, beim Lesen eines Romans, im Kino, im Theater, beim Gang durch eine Ausstellung. Wie kann es sein, dass das, was ich sehe, vollständig in meinem Innern existiert und dennoch nicht nach draußen zu transportieren ist? Warum ist der Schritt vom Inneren zur Äußerung so schwierig, eine Unmöglichkeit?«

DER FLUCH

Schwarz und tief vor allem leer
das wär ich wirklich gerne
doch ich muss die Sonne halten
und unendlich viele Sterne.
Kann mich nicht bedecken
kann mich nicht verriegeln
was auch leuchtet sich bewegt –
ich muss es spiegeln.

Früher war ich wie der Stein
gab nur Hell und Dunkel wieder.
Keine Bilder konnten in mir sein
dafür umso schönre Lieder.

Doch es sprach ein böser Geist:
Im Wasser soll der Himmel liegen
das Universum Tag und Nacht
und blitzend Lüfte sich bekriegen
blendend Grau und Blau die Farben
Wolken über seine Stirn ihm jagen
es soll ersterben sein Gesang
erlassen sei der Spiegelzwang.

DIE GROSSE ZUKUNFT

Martin Holm trug eine furchtbare Last. Es handelte sich um einen Abschnitt seines Lebens, der ihn in jeder Sekunde beschämte. Dies war sein schrecklichstes Geheimnis. Kein Mensch hätte ihm die Sache je geglaubt. Es ging nicht um seine Vergangenheit, sondern um seine – *große* – Zukunft. Gemessen an der großen Zukunft war sein Leben in jedem Augenblick eine Erbärmlichkeit. Das Trauma seiner Zukunft drängte in unkontrollierten Schüben in Holms Bewusstsein und sprengte es in Stücke. Welche Therapie hätte seiner Zukunft die Macht nehmen können? Wie konnte er seine Zukunft jemals verarbeiten? Millionen Menschen litten unter einer großen Zukunft, hatten aufgrund ihrer großen Zukunft ein unerträgliches Leben. Einmal offenbarte Holm sich einem Freund. Doch das machte die Sache nicht besser. Er konnte nicht von der Zukunft sprechen, ohne sie auf der Stelle *noch einmal* zu erleben. Seine einzige Hoffnung war, dass er irgendwann eine rettende Nähe zu seiner Zukunft würde herstellen, seine Zukunft vielleicht sogar Gegenwart würde werden lassen können, so dass er der Zukunft als Zukunft endlich ledig, die Last ihm von den Schultern genommen wäre.

ROMANE

Bei Romanen, sagte Nils Nycander, habe er den Eindruck, sie seien von einer fantastischen Maschine erzeugt worden, die Wirklichkeit geradewegs in Schrift verwandeln könne. Anhand von Romanen könnten Außerirdische sich das Leben auf der Erde lückenlos zu Bewusstsein bringen. Präzise beschreibe der Autor das Geräusch elektrischer Geräte, die Erscheinungen des Wetters, Möbel und Kleider, Farben, Gerüche, alles. Jahrzehntelang scheine er Modejournale, Architektur- und Botanikfibeln studiert zu haben; auch sei er ein gewissenhafter Protokollant der zweiten Wirklichkeiten. Er wisse, was die Menschen reden, denken, fühlen. Der Roman bewege sich voran wie eines jener kleinen Fahrzeuge der Stadtreinigung, die alles aufsaugen, was auf ihrer Strecke liegt. Diese Schreibmaschinen führen sämtliche Straßen und Bürgersteige ab, surrend, gründlich, ohne Muster.

Jedes Individuum habe seine Unverträglichkeiten. Gegen Erdnüsse oder Milchzucker, Eier oder rotes Gemüse. Bei ihm seien es Romane. Bereits ein Satz aus einem Roman führe zu Atemnot, seine Augen liefen über, es jucke ihn am ganzen Körper.

Ewiger Anlauf.
Verlaufend im Sand.

PROGRESSIONEN
MIT KLEINER HAND.

Tun sich kraus
nur oben kund.

Doch die Bewegung
rollt wund über Grund.

Brechen ab
laufen aus

strecken sich
und geben auf.

Teil einer Ebbe?
Doch einer Flut?

Was niemals sich rundet
hebt schäumend den Hut.

Unbekannt
der stete Strom:

*Meine Quelle
ist die Welle.*

Nils Nycander sagte: »Allem Anfang wohnt ein Ekel inne. Man muss abgestoßen sein vom Alten, um zu neuen Ufern zu gelangen, wie von dieser grauenhaften Redensart.« Doch auch wenn allem Anfang ein Ekel innewohnte, so *nicht jedem Ekel* ein Anfang, das wusste Nils auch. Jahrzehntelang hatte er allein aus Ekel bestanden, aus seinem Ekel in keinen Anfang gefunden. Nils sagte: »Jeder kümmerliche Anfang ist ein Fetzen im Maul eines Raubtiers, jeden Moment droht das Tier ihn und mich zu verschlingen, mich für immer zum Schweigen zu bringen.« Nils hasste auch Metaphern und sprach doch in einem fort in ihnen, er sagte: »Metaphern bauen dem Unbehausten und notwendig Unbehausbaren Häuser. Putzige, niedliche Häuschen. Auch das Ungeheuerliche bekommt ein Häuschen. Ein Örtchen und Plätzchen. Nichts entgeht dem furchtbaren Wohnungsbauprogramm der Metapherei. Auch das fremdeste Tier glotzt uns bald entgeistert aus dem beschilderten Käfig einer Metapher entgegen, hat im Handumdrehen sein Plätzchen im heimatlichen Sprachzoo.«

DIE ANGST

Zuhause führte Carl Linnros stundenlange Selbstgespräche, in denen er rekonstruierte, was geschehen war. Er rekonstruierte es wieder und wieder, konkretisierte es und verallgemeinerte es, er zählte alles auf, chronologisch: zuerst, danach und dann und dann. Um nichts zu vergessen, wenn es darauf ankam, zählte er alles noch einmal auf, dieses Mal in einer anderen, logischen Folge: erstens, zweitens, drittens, viertens. Er gewann der Sache Aphorismen ab und erzählte sich dann noch einmal alles von vorne, wie es ihm gerade in den Sinn kam, so dass es in Momenten ganz klar schien. Kurz darauf war es wieder ein Chaos, so klar würde er nicht reden können, wenn es darauf ankam. Er stellte Musik an, hörte zwei Stücke, und als er die Musik abstellte, schien es ihm, als habe er alles, was er zuvor rekonstruiert hatte, wieder vergessen, sein Kopf war leer, nicht einmal an einen Aphorismus erinnerte er sich noch, nur die Angst war noch da, sie leerte Bauch und Glieder, dort müsste eigentlich Wut sein, wie die Dinge lagen, dachte Linnros, aber da war keine Wut, nur Angst.

HIOB

Hiob, siebenunddreißig Jahre, verlor Frau, Kinder und allen Besitz, weil er sich nicht konzentrieren konnte. Er hatte im entscheidenden Augenblick nicht aufgepasst. Er sagte: »Ich habe keine Disziplin! Ich konnte mich *noch nie* konzentrieren! Ich bin ein verantwortungsloser Mensch! Ein Kind! Es gibt nichts, was mich entschuldigen könnte! Ich werde immer schuldig bleiben! Ich will nicht mehr leben! Ich verachte mich! Mein Fluch ist meine Schwäche, meine Schludrigkeit und Schlampigkeit, meine verschrobene Persönlichkeit.« Hiob raufte sich die Haare, riss sie sich aus und schlug sich mit der flachen Hand gegen die Schläfen, er zerkratzte sich das Gesicht. Er sagte: »Ich will eine Strafe! Eine Strafe! Gäbe es doch einen, der mich strafen könnte!« Doch keiner konnte Hiob hören. Er war, nach dem Verlust, allein in der Wohnung an der Liljeholmsgatan. Hiob saß ganz still. Dann ging er in die Küche und blätterte in der Fernsehzeitschrift. Es kam ein Film, der ihn interessierte. Nach dem Film ging Hiob ins Bett. Die Vermutung, nicht einschlafen zu können, bestätigte sich.

FUSSABDRÜCKE EINES FLIEGENDEN

Am Strand von Mälarhöjden wurde ein Schwan beobachtet, der – in der für Schwäne üblichen Weise – noch lief über den Sand, während er bereits mit den Flügeln schlug (oder mit den Flügeln noch schlug, während er bereits über den Sand lief), der jedenfalls eine Ewigkeit, wie es später hieß, fliegend Spuren hinterließ, dann, während die Zuschauer, die höher auf den Klippen saßen, sich schon fragten, ob der Schwan nun landete oder startete, plötzlich verschwunden, weder am Himmel noch in dem den Strand begrenzenden Gehölz zu sehen gewesen war. Die Zuschauer konnten sich nicht einmal einigen, ob der Schwan von links nach rechts oder von rechts nach links sich fortbewegt hatte. Auch die Abdrücke, die zur linken Seite hin deutlich an Umfang und Tiefe abnahmen, gaben keinen Aufschluss darüber, ob der Schwan in nämlicher Richtung gestartet oder in Gegenrichtung gelandet war. Unter den Leuten entstand im Übrigen der Eindruck, dies Tier habe *weder landen noch starten* können, sei weder für die Höhe noch für die Erde bestimmt gewesen.

SAGE VON DER ENTSTEHUNG DER NATUR

Da steht der Gewohnheitsbaum!
Macht immerzu dieselbe Miene
hält sich strikt an seine Baumroutine
ist immer nur   ein Baum.

Und dort! Die todbetrübte Blume!
Kreist in sich in stillem Rasen
jeder Wille eingeschlafen
steckt fest in ihrer Erdenkrume.

Und der Busch! Er blüht bewusstlos!
Denkt nie nach verneint bloß alles
was um ihn herum und in ihm der Fall ist.
Neugierig nie höchstens kurios.

Wo immer der Mensch die Kraft verliert
Bewusstsein und Spontaneität
wo alle Hilfe kommt zu spät
da entsteht Natur.   Sie vegetiert.

DIE ELTERN

Kaum volljährig, war Gunder Olofsson von Hedemora
nach Vallentuna gezogen und hatte, sobald er in Vallentuna eine Wohnung gefunden hatte, seine Eltern nach-
geholt, die seitdem, seit mittlerweile mehr als zwanzig
Jahren, mit ihm in der winzigen Wohnung lebten und sowohl einander als auch ihn ignorierten. Die Eltern ver-
ließen die Wohnung nie. Sie saßen nur da auf ihren alten
Stühlen, im Schlafzimmer, im Wohnzimmer, in der Koch-
nische, manchmal auch auf dem Badewannenrand, und
schwiegen. Sie hatten Olofsson in allen Jahren stets den
Rücken zugewandt. Hatte Olofsson Besuch, war die Gegenwart der schweigenden, abgewandten Eltern zwar
sonderbar, doch eben noch erträglich. Wenn er aber allein war, lesen oder arbeiten wollte, saubermachen, Rech-
nungen begleichen, bedrückte die Anwesenheit – und
zugleich Abwesenheit – der Eltern ihn so, dass er sich
meist nicht rühren konnte und, anstatt etwas zu tun, nur
still aus dem Fenster sah, mit dem Rücken zu den Rücken seiner Eltern.

DAS ENGAGEMENT

Jeden Sonntag lief Billy durch die Stadt und hörte den Verrückten zu. Jeder Verrückte bekam fünfundvierzig Minuten. Billy war von morgens früh bis spät in die Nacht unterwegs. Er machte keine Mittags-, keine Kaffeepause. Es kostete ihn äußerste Überwindung, den Verrückten zuzuhören, die meisten beschimpften ihn in einem fort. Viele sprachen vollkommen unverständlich. Doch er nickte stets und sagte: »Ich verstehe ... Verstehe ... Das stimmt ... Da haben Sie recht.« Es kam nur selten vor, dass ein Verrückter ihm dankte. Die Fünfundvierzig-Minuten-Regel stieß auch nicht auf Gegenliebe. Die Verrückten rochen nach Schweiß, Urin, Alkohol, Tabak. Sie waren schmutzig, hatten offene Wunden. Es war keine angenehme Arbeit. Zuhause war Billy so erschöpft, dass er vor dem Fernseher einschlief. Wenn das Telefon klingelte, hob er nicht ab. Er wollte mit niemandem mehr sprechen. Er hatte die Stimmen der Verrückten im Kopf, ihr Gemurmel und Geschrei.

INMITTEN VON VERSCHNÜRTEM UND VERPACKTEM

Bo Wideström lebte seit zwei Jahren in der Wohnung am Nytorget, dennoch hatte er bis jetzt die Kartons nicht ausgepackt. Regale, Schränke standen in Einzelteilen an der Wand, in Decken gewickelt. Die Bilder, mit Luftfolie und Klebeband umwunden, lehnten daneben. Ein antiquarischer Stuhl war in eine Decke geschnürt. Sogar die Matratze, auf der Wideström schlief, steckte noch in Plastikfolie. Der Fernseher stand mit der Mattscheibe zur Wand, der Stecker lag auf dem Holzboden. Die Teppiche lehnten in der Ecke. Nicht eine Lampe hatte Wideström angeschlossen. »Wie kannst du so leben?«, sagte die Frau, nachdem sie die Sprache wiedergefunden hatte. »Sitzt du hier jeden Abend inmitten von Verpacktem und Verschnürtem in der Dunkelheit? Seit zwei Jahren?« Wideström überlegte. Dann sagte er: »Mir scheint es, dass ich schon viel länger inmitten von Verpacktem und Verschnürtem in der Dunkelheit sitze. Seit zwanzig Jahren vielleicht.«

Sie.

Er vermisst sie.

Ihr Haar, das dunkle, helle.

Jeden Tag muss er an ihre Begegnungen denken.

Vor dem Haus.

Nachts im Auto.

Die Fahrt, über Landstraßen, ein Dorf, ein Zimmer zu
ebener Erde. Spätes Essen im Gasthaus.

Ein Gesicht, als sei die Lust ein Schmerz.

Zu viel. Jede Bewegung. Die Lider geschlossen.

Und keine küsst so.

»Tu es, wenn ich schlafe.« Ihr Zimmer unter seinem.

Es ist zwanzig Jahre her.

Neunzehn.

Achtzehn.

Fünf, vier, drei, zwei, eins: nur ein Jahr ist es her.

Er denkt an sie.

Sie alle.

DER SPEDITEUR

Der Spediteur war eben dreiundfünfzig Jahre alt geworden, als er einem Freund beim Bier erzählte, wie er mit
Anfang zwanzig einen unglaublich großen Transport, tatsächlich den ersten seiner Laufbahn als Spediteur, über
die Bühne gebracht habe, ohne eigentlich, wie er nun ver-
wundert feststelle, Zeichen der Erschöpfung an sich zu
beobachten. Wie er dies noch sagte, fuhr dem Spediteur
ein solcher Schmerz in den Rücken, dass er aufschrie und
sich augenblicklich, da Sitzen unerträglich schien, auf den
Boden legen musste. Der Freund blieb bei ihm, bis der
Notarzt eingetroffen war. Der Spediteur wurde ins nächste
Krankenhaus gefahren. Er bekam Spritzen in den Rücken.
Dann wurde er in ein Bett gelegt, wo er sofort einschlief.
Nach seiner Entlassung aus dem Krankenhaus musste
der Spediteur sich aus dem Spediteursberuf zurückzie-
hen. Er lebte von Zuwendungen seiner Eltern, die beide
über hundert Jahre alt wurden.

IN GEFANGENSCHAFT

Seit Wilmer Stenberg denken konnte, hatten der Vater und er in Gefangenschaft gelebt. Mit dem Vater zu sein und in Gefangenschaft zu sein waren für ihn ein und dasselbe. Stenberg lebte in Gegenwart des Vaters immerzu in Angst, weil dessen Gegenwart die Gegenwart der Wärter einschloss, immer eingeschlossen hatte. In seiner Angst konnte er sich nicht in die Arme des Vaters flüchten, denn der Vater war mit den Wärtern befreundet, duldete nicht, dass der Sohn zwischen ihnen und ihm einen Unterschied machte. Kein Wort der Wut duldete der Vater, keine ins Ohr geflüsterte Bemerkung, nicht einmal den Satz »Ich habe Angst« oder gelegentliche Seufzer. Das hätte der Vater, zu Recht, als Kritik an den Wärtern verstanden. Der Vater sprach oft von seiner Liebe für die Wärter, obwohl diese ihn keineswegs verschonten; darum dachte Stenberg, der Hass der Wärter auf ihn sei gerecht und angemessen.

DER LEBENSKÜNSTLER

Theodor Hedman wollte, dass sein Leben von dem Unglück zeuge, von dem er nicht sprechen konnte. Vielmehr, sein Leben sollte von dem Unglück zeugen, von
dem niemals genug gesprochen, von dem nie geschwiegen werden dürfte. So war sein Leben also Kunst. Roman, Theater, Installation. Hedmans Wille zur Kunst war
ein Wille zum Unglück, zum aufgeführten, aufrechterhal-
tenen Unglück. Sein Körper blähte sich zu Buchten, zog
sich zusammen zu messerscharfen Linien, krümmte sich
zu den Schriftzeichen einer eigenen Sprache. Hedman
ging umher als Bericht. Er bewegte seinen Romankörper
durch seine Wohninstallation. Tatsächlich, sein Körper
sah furchtbar aus, die Wohnung sah furchtbar aus. Man
sagte, Hedman lasse sich gehen, doch er ließ sich nie gehen, war nie natürlich, sondern immerzu Kunst. Noch
sein Tod war ein Wort. Das eine große, nach dem die
Dichter suchen.

DER BEWEGUNGSMENSCH

Billy war ein Bewegungsmensch. Er konnte fühlen, denken nur, wenn er in Bewegung war. Er sagte: »Um zu existieren, muss ich jeden Tag tanzen, laufen, Rad fahren, schwimmen, boxen, Fußball spielen.« Er war ein durch und durch körperlicher Mensch. All seine Lebensfreude war Freude an Bewegung. Die Bewegung war sein Element. Darum wog die Tatsache schwer, dass er sich seit zwanzig Jahren nicht bewegt hatte, weder getanzt hatte noch gelaufen war, Schwimmen und Boxen aufgegeben hatte, sein Rad, das seit Jahren einen Platten hatte, seit Jahren nicht repariert hatte. Billy bewegte sich nicht mehr. Er sagte: »Ich muss mich bewegen.« Doch er bewegte sich nicht. Alle Menschen, die ihn weniger als zwanzig Jahre kannten, dachten, er sei ein Bewegungsfeind, liebe den Körperstillstand. Ich bin sein ältester Freund, der Einzige, der noch weiß, dass Billy ohne Bewegung nicht existieren kann.

DER TRAUERMARSCH

Die Melodie entstand aus der angeborenen Unfähigkeit des Menschen, einen Ton zu hören, ohne sich an die vorangegangenen Töne zu erinnern. Die Melodie entstand aus dem Gedächtniszwang. Schon das gerade zur Welt Gekommene konnte keine einzelnen Töne mehr hören; es musste sich erinnern und hörte eine Melodie. Das Gleiche galt für jeden Moment des Lebens. Immer hörte der Mensch alle vorangegangenen Momente mit. Das Schulkind hörte die Melodie eines Tages, der Erwachsene die Melodie der Woche, des Monats, des Jahrzehnts. Kein Tag, keine Stunde klangen mehr für sich. Billy sagte:»Ich höre jeden Ton, jeden Augenblick als Teil eines über fünfundzwanzig Jahre sich ziehenden Trauermarsches. Dies monströse musikalische Werk tönt in jedem Augenblick zur Gänze in meinem Kopf, der Ton jedes Augenblicks schwingt in seiner schrecklichen Ewigkeit.«

DER HANG ZUR PHILOSOPHIE

Der nur mäßig Erfolgreiche hatte einen Hang zur Sozio-
logie entwickelt. Er sagte ständig: »Das geht nicht. Das
lässt die Gesellschaft nicht zu.« Der extrem Erfolgreiche
hatte einen Hang zur Philosophie entwickelt. Er sagte
in einem fort: »Ich kann, wenn ich will. Ich bin frei und
trage für meine Freiheit die Verantwortung.« Der vollständig Erfolglose aber hatte einen Hang zur Psycholo-
gie entwickelt. Er sagte immerzu: »Ich kann nicht. Das
lässt meine Störung nicht zu.« Und der Selbstmörder, ein
Freund des extrem Erfolgreichen, hatte, wie dieser, einen
Hang zur Philosophie entwickelt. Er hatte immerzu gesagt: »Wenn ich wollte, müsste ich doch können. Ich bin
doch frei und trage für meine Freiheit die Verantwortung.« Er hatte, vor seinem Tod durch Fenstersprung,
einen Zettel auf den Küchentisch gelegt mit dem Satz:
»Das ist alles, was ich tun kann.«

NICHTS

Als Kind hatte Billy sich vorgestellt, wie er einst aufgrund seiner Taten, als Revolutionär, ins Gefängnis kommen würde. Welche Ironie, dachte er, dass er nun aufgrund von Tatenlosigkeit sich ins Gefängnis träumte. Er würde nicht für sein Handeln bestraft, sondern von dem Zwang zu handeln befreit werden. Das Gefängnis wäre keine Freiheitsberaubung, sondern ein Freiheitsgewinn. Denn Billy war jahrelang keine Tat eingefallen, weder eine Revolution noch ein Kunstwerk noch etwas anderes Großes, Aufsehenerregendes, nicht einmal ein Leben war ihm eingefallen, stattdessen hatte er von früh bis spät unter seiner Einfalls- und Taten- und also Leblosigkeit gelitten, war ihm das Dasein ein Gefängnis gewesen mit pausenloser Einzelhaft. Er stellte sich die erlösende Verhaftung vor, die Menschenmenge vor dem Haus. – »Was hat er getan?« – »Nichts!«

HUMOR

Humor hatte Per Ekman nie geholfen. Was Ekman auch verloren hatte, es war einhergegangen mit dem Verlust seines Humors. Der Humor war immer das Erste gewesen, was er verloren hatte, das Letzte, was er wiedergewann. Auch nach vielen Jahren, in denen Ekmans Leben äußerlich wieder normal verlaufen war, zeigte sich noch kein Zeichen von Humor. Das Schlimme war überhaupt nur darum so schlimm gewesen, da es gleichbedeutend gewesen war mit vollkommener Humorlosigkeit. Es konnte, wer Ekman kannte, von seinem Verhalten sprechen, seinen Eigenschaften, aber keineswegs von seinem Humor. Wenn etwas nicht sein Besitz war, so war es der Humor. Es war nur *ein* Humor, der sich manchmal auf Ekman niederließ wie ein Zugvogel auf der Takelage eines Hochseeseglers. Seht nur, rief man also, ein Humor! Schon war er fort.

ERST KOMMT DER SCHREI

Öyvind Lindblom hörte der Unterhaltung zweier Frauen zu, die aus verschiedenen Ländern kamen. Später sagte Lindblom zu der Frau, in deren Muttersprache sich die beiden unterhalten hatten: »Warum redest du mit hoher Geschwindigkeit und in Bildern, die deine Freundin nicht versteht? Du musst ja alles noch ein zweites Mal sagen, langsam und buchstäblich.« Die Frau sagte: »Alles Gesprochene ist zunächst ein Schrei, der aus einem Kopf herausmuss. Erst in zweiter Hinsicht ist es eine Botschaft, die in einen anderen Kopf hineinmuss. Viele Menschen, die verstanden werden wollen, vermeiden es, zu schreien. Andere schreien, sind aber vollkommen unverständlich. Mir scheint es das Leichteste – auch bei Menschen, die dieselbe Sprache sprechen wie ich –, alles zwei Mal zu sagen. Erst kommt der Schrei, dann kommt die Botschaft.«

WAS NICHT GESCHAH

Das Furchtbare war nicht gewesen, was Billy geschehen war, sondern das, was Billy *nicht* geschehen war. Nicht: Die Mutter hatte … Sondern: Die Mutter hatte nie … Nicht: Der Vater hatte … Sondern: Der Vater hatte nie … Nicht: Die Gesellschaft hatte … Sondern: Die Gesellschaft hatte nie … zu keinem Zeitpunkt … in keinster Weise. Aber wie erzählte man eine Geschichte der Unterlassung? Wie wusste man, dass die Liste der Nichtereignisse, Nichthandlungen, Nichtstrukturen vollständig war? Wie inventarisierte man das Nichts? Wie erinnerte man sich daran? Inwiefern stand das Nichts in ursächlichem Verhältnis zu allem? »Im Folgenden will ich davon berichten, was mir niemals geschehen ist …« Die Jetztzeit war die erste Epoche in der Weltgeschichte, in der das Nichtgeschehene wesentlich bedeutender war als alles, was geschah.

KORREKTUREN

Weil Billy immer erst alles falsch dachte, brauchte er unheimlich viel Zeit, alles wieder richtig zu denken, und
weil er auch immer erst alles falsch fühlte, brauchte er
sehr viel Zeit, alles wieder richtig zu fühlen. Jeder Augenblick unmittelbaren Denkens und Fühlens erforderte
das Zigfache an Zeit, um über das Gedachte nachzuden-
ken, das Gefühlte nachzufühlen, besser: das Denken um-
zudenken, das Fühlen umzufühlen. Den Großteil seines
Lebens verbrachte Billy mit Korrekturen. Auf jedes unmittelbare Jahr kamen Jahrzehnte der Korrektur, auf jeden unmittelbaren Tag Monate, jede unmittelbare Stunde
Tage des Korrigierens. Eine Minute Leben konnte Stunden, ja Tage, Monate und Jahre des Korrigierens nach sich
ziehen. Es war ein solcher Zeitaufwand, dass Billy jede
Unmittelbarkeit in Zukunft zu vermeiden suchte.

DAS NEUE ZEITALTER

Das Land hatte das Zeitalter der Kunst endgültig hinter sich gelassen. Fast alle Museen waren in Fabriken umgewandelt worden. Wo einst Bilder hingen, summten jetzt Maschinen. Die Menschen, deren Leben aus wenig mehr bestanden hatte als aus ermüdender Betrachtung und Reflexion – und natürlich Depression –, füllten ihre Tage nun mit Taten. Wo endlose Parkanlagen gewesen waren, in denen die Menschen von früh bis spät im Kreis sich bewegt und auf Bänken gesessen hatten, führten nun Stollen in die Erde. Oben, am einst blanken Himmel, wehten die Fahnen der Arbeit, der Rauch der neuen Schlote, die von den Dächern der Museumsbauten sich erhoben wie Wahrzeichen einer neuen Transzendenz. Das Leben der Menschen besaß nun endlich einen Sinn. Es wies hinaus über die nackte Kunstbetrachtung.

DER MOTIVATIONSKURS

Die zehn Göteborger Raffinerie-Arbeiter, die am Freitag-
morgen auf Anordnung des Raffinerie-Direktors mit dem
Zug nach Stockholm gefahren waren, um dort am Sams-
tag und Sonntag an einem Motivationskurs teilzuneh-
men, hatten, nachdem sie von der Besitzerin des kleinen
Hotels in Bahnhofsnähe, in dem sie untergebracht waren,
den vierstelligen Türcode erfahren hatten, eine Kneipe in
der Nähe des Hotels – und des Bahnhofs – aufgesucht
und dort bis in den Abend gesessen und Bier getrunken.
Als sie gegen elf Uhr wieder am Hotel angekommen waren, mussten sie feststellen, dass sie alle den Türcode
vergessen hatten. Daraufhin waren die zehn Göteborger
Raffinerie-Arbeiter, ohne zu überlegen, zum Bahnhof gegangen und mit dem ersten Zug zurück nach Göteborg
gefahren.

GEWOHNHEITEN

Wie das Meer, da es zurückgeht, alle Fische mit sich nimmt, keinen zurücklässt, so hatten die Andern, als sie fortgegangen waren, Billys Gewohnheiten mit sich genommen, nicht einmal die kleinste, unbedeutendste zurückgelassen. Nichts konnte Billy noch aus Gewohnheit tun. Dafür tanzte eine Schar behender Geister um ihn herum, alle schrien durcheinander: »Schaff Ordnung!«, »Nimm deine Arbeit auf!«, »Steig aus dem Bett!«, »Iss Gemüse!«, »Zahl, was du schuldig bist!«, »Leg dich ins Bett!« und Andres mehr. Es war ein ungeheurer Lärm, der niemals sich legte, Billy sogar in den Schlaf verfolgte. »Wie«, dachte er, »wenn eines Tages eine ungeheure Flut mir meine Gewohnheiten wiederbrächte, endlich Stille wäre für einen Gedanken, ein Gefühl.«

BLÄTTER

Nun also befand Billy sich in einer Leere, in der er nur noch – und zum ersten Mal *so* – die Blätter der Bäume sah; nicht mit einer Genauigkeit, die für ein Beschreiben getaugt hätte, auch ohne jeden Überschuss, jede poetische Verschlingung, nur als gedankenloser, flachstumpfer Blick, auf eine Art, dass mit dem Wort Blätter alles gesagt war über das, was er sah und dachte, beziehungsweise so, dass die Wahrnehmung der Blätter sich in jedem Augenblick *wiederholte,* die Blätter gleichsam sich stets von neuem über alles legten, was Billy hätte empfinden, denken können, wie das Blatt im Spiel, das den Brunnen verschließt. In jeder Sekunde war das Versiegen aller Regungen in ihm verbunden mit dem Sehen der Blätter, dem Wort: Blätter Blätter Blätter –

UNTER ALTEN MENSCHEN

Was hatte Billy hier unter alten Menschen zu suchen? Er
lebte, zweifellos, im selben Haus. Er war fünfundzwanzig
Jahre alt. Er hatte beim Essen mit einem Mann zusammen-
gesessen, der dreiundneunzig war. Die Bedienung sagte:
»Herr Professor, noch ein bisschen Spargelcremesuppe?«
Sie sagte Professor, meinte es aber nicht. Sie dachte, sie
sei höflich, aber es war ein Gnadenakt, eine Demütigung.
Es stand in ihrer Macht, Professor zu sagen oder es bleiben zu lassen. Das war nicht zu überhören. Der Professor
war kein Professor mehr, schlimmer noch, was er gewesen war, war ihm genommen, ihm nehmbar, also nie sein
Eigentum gewesen, sondern immer eine Gnade, wie sich
jetzt herausstellte. Billy war auch einmal etwas gewesen,
hatte aber vergessen, was.

KARRIERE ZUM KIND

Robin S. Arvidsson, der mit sechzehn Jahren aus dem sogenannten Elternhaus hatte ausziehen müssen, fand, dass
seine Kindheit als Kindheit keineswegs ausreichend gewesen war, und beschloss, sich unter Zuhilfenahme von
Tabletten, Alkohol und permanenter Obdachlosigkeit so
schnell wie möglich zugrunde zu richten, damit er wieder in den Genuss der Kinderrechte käme. Mit neunund-
zwanzig Jahren hatte Arvidsson fast alle Zähne verloren
und konnte kaum noch aufrecht gehen. Er wurde im be-
treuten Wohnen an der Hornsgatan nach mehreren vergeblichen Bewerbungen endlich glücklich an- und aufgenommen. Arvidsson sagte: »Um älter zu werden, muss
man auf seine Gesundheit achten, um jünger zu werden,
auf seine Zerstörung.«

DIE KISTE

Das Leben und der Schmerz
sie lagen in derselben
Kiste namens Körper.
Auch wenn es hart war
er hatte sich entschlossen
er würde sie nicht mehr öffnen.
Keine Übungen mehr.
Kein Boxen kein Tanzen.
Er hockte auf dem Deckel
und sah den Anderen zu
die ihre Kisten offen
über ihren Köpfen trugen
die Deckel schlagend
wie Flügel.

DIE BEGEGNUNG MIT DER ZEIT

Billy war der Zeit begegnet. Bis zu jenem Tag hatte die Zeit sich in den Dingen verborgen, in deren Entstehen, Veränderung und Vergehen. Doch jetzt gab es kein Entstehen mehr, keine Veränderung, kein Vergehen. Alles blieb, wie es war. Alles war gefroren. Dennoch ging die Zeit weiter. Es war die nackte, reine Zeit; ein Esel ohne Karren, ein leeres Schiff, das nichts mehr transportierte. Die Zeit musste ja weitergehen. Sie bewegte sich auch, wenn nichts sie antrieb, sie keine Aufgabe hatte, kein Ziel. Sie war aus den Dingen ausgestiegen, aus Billys Leben ausgestiegen, wie aus einem defekten Zug. Jetzt ging sie zu Fuß. Billy sah die Zeit unaufhörlich an sich vorbeimarschieren. Er hatte ihre Schritte im Ohr. Das war sein Puls.

DER RÜCKTRITT DER REPRÄSENTANTIN

Billy erzählte der Frau etwas Trauriges aus seinem Leben; Tränen liefen über ihr Gesicht. Er berichtete Empörendes; sie schimpfte. Er hatte gute Nachrichten; sie strahlte und rief: »Das ist ja wunderbar!« Er erzählte Entsetzliches; sie legte die Hand auf den Mund, öffnete die Augen, so weit es ging, und fasste sich an die Stirn. Jeden Abend händigte Billy der Frau ein Ereignis aus und sah, selbst reglos, sich auf ihrem Gesicht seine Gefühle an. Häufig war er überrascht von dem, was er sah. In ihrem Gesicht erst erkannte er das Traurige als traurig, das Empörende als empörend, das Erfreuliche als erfreulich, das Entsetzliche als entsetzlich. Nach fünf Jahren verließ die Frau Billy mit der Begründung, sie brauche nun selbst ihr Gesicht.

DIE SCHRIFTEN DES NILS NYCANDER

Nils Nycander berichtete: »Wenn ich von zuhause losgehe, meine Schritte beschleunige, bis das Denken einsetzt, fange ich immer ganz von vorn an, bei nichts, erhebt sich das Bewusstsein aus einem Meer von Bewusstlosigkeit, in das es sofort wieder sinkt, sobald kein Körpersegel ihm mehr Auftrieb gibt. Jedes Mal muss ich erst aus meinem Zustand hinausgehen, der sich vor allem dadurch auszeichnet, jedes Bewusstsein auszuschließen.« In kurzen, spaziergängerisch erkämpften Wachphasen entstanden also Nils' Schriften – sowohl Theorien als auch Romane befanden sich buchstäblich *außer Reichweite*. Das meiste kam nicht über die Länge eines Witzes hinaus; dem entsprach ein etwa zweistündiger Gang.

DAS QUARTETT

Billy, der Schreiende, schrie
für den Vater mit, der glänzte,
wie eine Tafel sein Gesicht,
frisch nass- & blankgewischt;
die Frau, aus der es zischte
wie aus einem Traktorreifen,
aus dem man Nägel fischte;
für die Mutter, die im Wald
sich ohne Worte eingegraben,
das Maul hatt' voller Maden;
Billy, der Schreiende, schrie,
für sich selbst und diese drei,
vierstimmig laut: sein Schrei.

DIE ANDEREN

Wer waren die Anderen?

Sie passten

in ihn hinein.

Gegossen in den Hohlformen

seiner Wunden

waren sie

die perfekten Geschosse.

GLOCKENSPIEL

Auch die kleinste Glocke setzt
als deren Klöppel
die größte noch
ins Schwingen –:
Alle Verluste bringen
die vergangenen zum Klingen.

Ein Tier stirbt.
Ein Baum bricht.
Ein Mensch geht.
Ein Haus kippt.
Und immer stirbt
die Mutter mit.

DIE ÄNDERUNG DER FLUCHTRICHTUNG

Von frühesten Zeiten war der Mensch aus der grausigen Welt geflüchtet hinein in seine Behausungen. Billy dagegen flüchtete vor seiner Vernichtung zuhause hinaus in die Welt. Türmen hieß einst, sich *in* einen Turm zu flüchten, während es für Billy bedeutete, den Turm, das Gebäude zu verlassen. Das furchtbare Tier, der bewaffnete Feind, die Billy zuhause attackierten, zur Strecke brachten, das war er selbst. Doch der Instinkt ließ Billy auch immer noch und immer wieder in der alten, umgekehrten Richtung fliehen, aus der Welt in die Behausung hinein. Der Instinkt sagte ihm immerzu: »Zuhause bist du sicher.« So ging Billy, genarrt von seinen Genen, in die Falle.

UNHEIMLICHES GLÜCK

»Glück«, sagte Billy, »ist ein Zustand, in welchem ich von allen Erfahrungen, von allem, was mich ausmacht, von meinem Denken und Empfinden, abgeschnitten bin. Im Glückszustand kann ich keines meiner Gefühle mehr nachfühlen, keinen meiner Gedanken mehr denken. Meine Erinnerungen sind die Erinnerungen eines Fremden. Es ist mir tatsächlich unmöglich, mich überhaupt an etwas zu erinnern, sei es vor zwanzig Jahren, sei es gestern geschehen. Im Glück bin ich enthauptet, entleibt. Ich existiere zwischen dem abgeschlagenen Kopf und dem enthaupteten Körper. Ich bin das Blut, nichts als das Blut, das auf die Steine rinnt und in der Sonne langsam trocknet.«

DER BEWEIS

Einmal, in einem nichtigen Zusammenhang, las Billy sei-
nen Namen in der Zeitung. Es war, als risse ein Vorhang.
Eine Offenbarung. Ich existiere! Seit langer Zeit war er,
wie sich jetzt zeigte, wie ausgelöscht gewesen, alleiniger
Bewohner eines Traums, dem keine Wirklichkeit zukam.
Ein Unkörperlicher. Er saß in der U-Bahn-Station, neben
dem Kiosk, an dem er die Zeitung gekauft hatte. In der
Sekunde, in der er seinen Namen las, klappte er die Zei-
tung zu. Er ging dem Gefühl nach, flüsterte die Worte:
Ich existiere. Es gibt mich. Da steht mein Name. Ich bin
ein Bewohner der Welt. Billy trug den Beweis mit nach
Hause. Warum hatte er aufgehört zu existieren?

ZUM LACHEN

Im Zug saßen zwei Männer hinter Billy, der eine erzählte dem Andern in einem fort Witze, Billy aber kam es vor, vielleicht infolge seiner Müdigkeit, vielleicht infolge gerade einer außerordentlichen, merkwürdigen Konzentration, als sei die winzige, unglückliche Hauptfigur all dieser Witze kein Andrer als er selbst, als sei er gefangen in der Welt dieser Witze, als sei seine Welt ein Witz und alle Andern könnten, wie die zwei Männer hinter ihm, in einem fort darüber lachen, nur er nicht, obwohl auch er ja wusste, dass es sich bei allem nur um einen Witz handelte, aber es war eben seine Welt, und es gab wohl nichts Schlimmeres, als einen Witz zur Welt zu haben.

DAS GEFÄNGNIS

In dem neuartigen Gefängnis gab es keine Wächter, keine Gitterstäbe. Keine Tür war abgeschlossen. Allerdings war die Mauer sehr hoch. Der Direktor sagte: »Wer es schafft, über die Mauer zu klettern, wird nicht verfolgt werden.« Ein gutes Dutzend der tausend Gefangenen überwand die Mauer tatsächlich. Die Andern versuchten es, scheiterten aber immer wieder. Auf halber Strecke ging ihnen die Kraft aus. Nun mussten sie sich sagen, dass es nur an ihnen lag, dass sie noch an diesem Ort lebten. Darum hatte auch keiner von ihnen etwas gegen den Vorschlag des Direktors einzuwenden, das Gefängnis umzubenennen von »Gefängnis« in »Die Freiheit«.

DER REGEN HATTE AUFGEHÖRT

Der Regen vor dem Fenster hatte so plötzlich aufgehört, von einer auf die andere Sekunde, dass Billy meinte, jemand habe die Wolkendecke weggezogen, wie man eine Bettdecke wegzieht, und er liege nun entblößt im Raum, frierend und schutzlos. Kein Prasseln auf dem Dach. Stille in den Ohren. Schon zwitscherte ein Vogel. Zweige tropften in der Sonne. Tatsächlich hatte die Verzweiflung einmal ebenso plötzlich aufgehört, Billy hatte entblößt im Raum gestanden und aus dem Fenster geschaut, auf tropfende Zweige, die in der Sonne glänzten. Vögel sangen. Er hatte gedacht, dass er noch nicht bereit sei für gutes Wetter. Er wollte nicht hinaus.

VERSÄUMNIS

Schaffender ohne Werk!
Liebesentflammter
ohne Geliebte!
    Vater ohne Kind!

Er ragte in die Leere
Brücke ohne Ziel
monströses Organ
ohne Verwendung.

Die Welt hatte versäumt
ihm entgegenzuwachsen.

DIE GROSSEN DINGE

Die größte Lüge war, dass es auf die kleinen Dinge ankam. Ein gutes Essen, ein Spaziergang im Wald, ein Bad im See. Jahrzehntelang hatte Billy kein Essen geschmeckt, hatte er keine Sekunde aus seiner Verzweiflung herausschwimmen können. Das Essen war eine Unmöglichkeit gewesen. Die Natur, das Spazieren, der Sport waren Unmöglichkeiten. Das Gespräch war eine Unmöglichkeit. Das Spiel war eine Unmöglichkeit. Der Schlaf war eine Unmöglichkeit. Alle kleinen Dinge waren eine einzige große, furchtbare Unmöglichkeit. Billy sagte: »Es kommt im Leben allein auf die großen Dinge an, glaubt mir, allein auf die großen Dinge.«

DIE AUSSERIRDISCHEN

Die Menschheit wurde in einen verzweifelten Überlebenskampf gezwungen, nachdem Außerirdische auf der Erde gelandet waren. Die Außerirdischen unterschieden sich von Menschen nur durch zweierlei: ihren konsequenten Vernichtungswillen und die Tatsache, dass sie sich viel schneller als die Menschen bewegten. Allein das Beobachten der Außerirdischen fiel den Menschen schwer, verursachte ihnen Schwindel, Kopfschmerz. Was die Außerirdischen sprachen, verstand nur, wer es aufnahm und gedrosselt abspielte. Wer sie töten wollte, musste sich in einen Hinterhalt legen, wo er sie von weitem kommen sah.

DAS RESTAURANT

Als Kasper Falkenstam ein Kind war, besaß sein Vater ein Restaurant. Da die Mutter sich nicht um ihn kümmern konnte, war Falkenstam jeden Tag im Restaurant. Er rannte zwischen den Tischen, stand an der Tür, presste seinen Mund gegen die Scheibe und sah hinaus. Er saß an dem kleinen Tisch neben dem Tresen und malte oder machte Hausaufgaben. Nachts schlief er in einem Holzbett in einem Winkel der Küche. Das Restaurant des Vaters war seine Welt. Erst jetzt, da diese Welt lange versunken war, dachte er, wie merkwürdig es sei, dass nie, in all den Jahren nicht, ein Mensch kam, um etwas zu essen.

VERHARMLOSEND

Nils Nycander erzählte folgende Geschichte: »Die Kritiker hatten immerzu kritisiert, dass alle Kunstwerke über
Auschwitz verharmlosend seien. Also hatte der Künstler
Thorsten Malmsted Auschwitz wieder in Betrieb genommen. Malmsted sagte: ›Nur in und durch Auschwitz wird
Auschwitz nicht verharmlost, sondern wirklich zur Anschauung gebracht.‹ Ein paar Überlebende des wieder in
Betrieb genommenen Auschwitz kritisierten allerdings,
dass alle, auch die toten Besucher, gewusst hätten, was sie
erwarte. Also sei auch das wieder in Betrieb genommene
und neu eröffnete Auschwitz verharmlosend.«

DER TEICH

Man sah einen Teich alle Karpfen, Goldfische und Schleien ausspucken, die in ihm schwammen. Der Teich räusperte sich. Nun flogen auch die Wasserpflanzen, Algen und gesunkenen Äste ans Ufer. Schließlich blinzelte der Teich, und das zuvor dunkelgrüne Wasser war klar wie die Luft darüber. Der Teich war leer. Er machte einen einsamen, traurigen Eindruck. Er sagte: »Um ich zu werden, musste ich alles von mir scheiden, was nicht ich war. Meine Zeit als Teich ist vorüber. Das Einssein mit dem Atmen und Kreisen der Fische, dem Algendämmer, der Schwere des Holzes auf meinem Grund. Jetzt bin ich ich.«

VON DER VERFOLGUNG

In Büchern las Tove Forsell von der Verfolgung. Vom tödlichen Begehren der Feinde, von Häusern und Kammern. Er hatte nie Verfolgung erlebt. Die Seinigen hatten nicht mal seine Jahre verfolgt. Sie waren nicht hinter ihm her. Sie stürzten vorneweg, ins Leben, in den Tod. Sie schlugen sich seitlich in die Büsche, als sei er ihr Verfolger. Aus fliehenden Häusern und Kammern fiel er als Frühgeburt, die Schläuche rissen bei wachsender Entfernung, ungehindert ließ man ihn gehen. Er krepierte am Nichtbegehren seiner Nichtfeinde, er starb an der Diät der Negativität. Es hieß, er kam nicht klar mit sich selbst.

DIE STIMME

Die *Sprache* hatte Billy verloren, nicht die Stimme. Doch obwohl sein Schreien sehr genau war, die Stimme stets die Stimmung traf, kein Anderer ihn je missverstanden hätte, hatte Billy das Gefühl, stumm zu sein. Dies belehrte ihn darüber, dass die Menschen in der Sprache keineswegs nach dem Ausdruck suchten, wie sie meinten, sondern im Gegenteil nach Worten, die so weit wie möglich entfernt davon waren. Die Erleichterung bestand nicht in der Übereinstimmung mit der Stimmung, sondern in der Entfernung von ihr. Es war die Lüge, die erlöste, kein Wort, das wahrsprach wie die Stimme.

AUS DEM HAUS

Wenn Billy einmal das Haus verlassen hatte, war er nur
äußerst schwer wieder hineinzubekommen; wie man einen Schlafsack nur unter größter Anstrengung zurück in
den Beutel zwängt, aus dem man ihn mit leichter Hand
befreit hat. Bei seinem Gang durch die Straßen war Billy
immer größer geworden, Luftzug für Luftzug zu einem
Riesen. In stundenlanger Arbeit presste er sich in den Ein-
gang, hinein und hinauf, wo das Treppenhaus gewunden
enger wurde. Es war eine Qual. Eingerollt, zerknittert, an
allen Gliedern blutend, saß er in der Küche. Er schwor
sich, nie mehr hinauszugehen.

DER KOMIKER

Lennart Limlås, dem etwas sehr Komisches eingefallen
war, das tatsächlich alle komisch fanden, hatte von seiner
Fähigkeit, komisch zu sein, nichts gewusst, wie alle Anderen von seiner Fähigkeit, komisch zu sein, nichts gewusst
hatten, und so hatte er, im Überschwang der eigenen wie
gemeinen Überraschung, seine Existenz als Komikerexis-
tenz neu entdeckt und proklamiert. Jedoch fiel Limlås in
der Folge nichts Komisches mehr ein. Fünfzig Jahre lang,
bis zu seinem Tod, lebte Limlås das schreckliche Leben eines gescheiterten, immer wieder scheiternden, in keinster
Weise komischen Komikers.

HEIMWEH

Die Heimat, nach der Melker Järnestad sich pausenlos auf das Schmerzhafteste zurücksehnte, war die Ekstase. Er sagte: »Ich bin zuhause im Rausch, ein Fremder in der Nüchternheit.« Järnestad hatte viele Räusche erlebt, Schönheits- und Kunsträusche, Liebes- und Sexräusche, Massen- und Gewalträusche. Eine Zeitlang war er als Reporter bei sogenannten historischen Ereignissen dabei gewesen. Er erlebte Regierungsstürze, Flutkatastrophen, Truppeninvasionen. Järnestad saß auf dem ersten Panzer, der über die Grenze rollte und die jubelnden Massen teilte wie Mose das Meer.

COMME IL FAUT

Er schrieb ein Buch im Gefängnis.
Er fuhr mit dem Taxi zum Flugplatz.
Er bewohnte ein Haus im Grünen.
Er bohrte mit dem Finger in der Nase.

Er schrieb kein Buch im Taxi.
Er fuhr nicht mit einem Haus ins Grüne.
Er wohnte nicht auf einem Flugplatz.
Er bohrte nicht mit dem Finger in einem Gefängnis.

Oder doch?

AUFGEWACHT

Wie war Billy hinaus aufs Meer gelangt? Das Land war nicht mehr zu sehen. Billy steckte in einem kleinen Segelschiff wie in einer kurzen Hose, sein Oberkörper ragte aus dem Deck, seine Beine hingen aus dem Rumpf ins Wasser. Hätte das Schiff eine Besatzung gehabt, wären die Matrosen daumengroß gewesen. Doch es war niemand zu sehen. Unbekannte hatten offenbar nachts das Schiff um seinen Körper herumgebaut. Er hatte in der Nähe des Wassers geschlafen. Als der Wind in die Segel gefahren war, hatte es ihn zuerst ins Wasser geweht, dann hinaus aufs Meer.

DÜNUNG

— Jetzt!
Eine Dünung
 hob sich heraus
  aus dem bleiernen
   spiegelnden Ozean
    glitt über die Weite
    wie über die Wange
   die einsame Träne.
  Starb am Gestade
 in dem Wort:
Jetzt! —

DU SOLLST NICHT MÜDE WERDEN

Was ein paar Jahrtausende lang die Sünde gewesen war, das war nun die Müdigkeit. Die Sünde war ersetzt worden durch die Müdigkeit am Tage. Der Mensch, der gebeichtet hatte: »Ich habe diese Woche wieder mehrmals gesündigt«, er musste nun bekennen: »Diese Woche bin ich wieder mehrmals am Tag müde gewesen. Immer wenn ich etwas tun wollte, war ich müde.« Das erste und wichtigste Gebot des Menschen war nun: *Du sollst nicht müde werden.* Der Mensch war aber immerzu müde, wie er ein paar Jahrtausende lang immerzu gesündigt hatte.

LUFT HOLEN

Aufgrund mangelnder Technik und ungünstiger Umstän-
de war im Gesang der Opernsänger eine Lücke entstanden, in der die Sänger Atem holen mussten. Der Moment
der Unterbrechung und – ja, Stille, die tatsächlich nur
eine Gesangsstille war, während unter ungeheurem Lärm
Luft geholt, rasselnd ein- und ausgeatmet, wie unter al-
tem Leid und unter schwerer Last gestöhnt, geseufzt,
gehechelt, polternd gehustet und sich geräuspert wurde,
dauerte einundzwanzig Jahre. Dann setzten die Sänger
ihren Vortrag fort.

FOTOS

Billy weigerte sich, Fotos zu machen. Er sagte: »Alles, was ich sehe, versetzt mich in seltsame Stimmungen, scheint mich an irgendetwas zu erinnern, hat eine unerträgliche Bedeutung, die sich mir nicht erschließt. Alle Dinge laufen über vor Bedeutung. Sie erbrechen etwas, das vollkommen unkenntlich ist. Ein dunkler Brei. Auf keinem Foto wäre das zu sehen. Solange es so viel mehr Unsichtbares als Sichtbares gibt, wäre jedes Foto Lüge. Ich kann mir gar nicht denken, dass ein Mensch auf Fotos seine Welt erkennt.«

KOMMA

Nils Nycander las in der Zeitung: »Danach war der zwei-
unddreißigjährige Mann ins Komma gefallen und nicht
wieder aufgewacht.« Nils sagte: »Das ist präzise ausge-
drückt. Auch über mich sagt kein Wort und kein Satz die
letzte Wahrheit, sondern ein Satzzeichen – das Komma.
Auch ich bin vor Jahren ins Komma gefallen und nicht
wieder aufgewacht. Ich existierte fort als ein zwischen
die Wort- und Atemzüge Gefallener, war nichts als Pause,
Unterbrechung. Jahrelang habe ich im Komma gelegen.«

DIE ART ZU HELFEN

Als Erik Tellroths Literaturstudien als gescheitert ange-
sehen werden mussten, hatte der Vater sich im Berufsinformationszentrum kundig gemacht und Tellroth den
Beruf des Kommunikationselektronikers vorgeschlagen,
da man in diesem Beruf, wie der Name schon verrate,
auch mit Sprache zu tun habe. Tellroth hatte erst an der Art,
ihm zu helfen, erkannt, wie es um ihn stand, und war am
nächsten Tag nicht ins Berufsinformationszentrum an der
Olof Palmes Gata gegangen, sondern in die Ostsee.

KEINE GESCHICHTE VOM SCHMERZ (EPILOG)

Nils Nycander sagte: »Wenn der Schmerz entstehen würde, müsste man sich das so vorstellen: ein Punkt, der sich
ausdehnt, alle andern Gefühle schluckt, mit Schwärze
überläuft, zuletzt auch das Wort: der Schmerz. Doch der
Schmerz entsteht nicht. Er geht nur vielleicht einmal zurück, vermindert sich, dann können wir sehen, wie die
zurückgehende Schwärze andere Gefühle freilegt, ausspuckt, wie ein Meer bei Ebbe überwucherte Felsen, und
zuletzt erscheint auch das Wort: der Schmerz.«

CHAISELONGUE

Jahre- und jahrzehntelang lag Billy auf der Chaiselongue –
und wiederholte sein Leben im Kopf. *Das war nun sein Leben.* Die Selbstwiederholung im Kopf. Jedes Ereignis seines Lebens erlebte Billy wieder und spulte, kaum war es
Revue passiert, das Band der Erinnerung zurück und sah
sich alles noch einmal an. Der Steilhang des Sisyphos war
in die Horizontale gekippt, nur noch zwei Meter lang,
einen Meter breit und bedeckt von einem afrikanischen
Tuch und einigen dazu passenden Kissen.

Der Verein wurde in seiner Vereinstätigkeit ständig be-
hindert durch gesetzliche Auflagen, Probleme der Finan-
zierung und schlechtes Wetter. Dann kam das Jahr, in
dem plötzlich alle gesetzlichen Auflagen aufgehoben wurden, die Finanzierungsprobleme wie durch ein Wunder
sich lösten und auf Sommer und Herbst nur zehn Regen-
tage kamen. Am Ende des Jahres löste der Verein sich auf.
Es stellte sich heraus, dass nichts so sehr gegen den Verein gerichtet war wie die Vereinstätigkeit.

DER WEG ZUR ARBEIT

Jeden Morgen versuchte Åke Fridgård zur Arbeit zu gehen. Er kannte den Weg zu seinem Büro. Dennoch kam er nie dort an. Wie sehr er sich auch auf den Weg konzentrierte, immer verlief er sich. Am Ende stand er jedes Mal auf einer riesigen Kirmes. Betrübt stand er mit seiner Aktentasche im Rummel, der in der anbrechenden Dunkelheit in tausend Farben glühte. Es blieb ihm nichts, als den Heimweg anzutreten – nach Hause fand er immer – und es am nächsten Tag wieder zu versuchen.

EIN WINZIGER AUSSCHNITT

Jemand sagte zu Billy: »Wenn dich etwas zu Tode ängstigt, wähl einen winzigen Ausschnitt daraus und du wirst die schönsten Idyllen finden. Auch auf den Richtplätzen blühen Bäume und Blumen, lässt die Maserung von Brettern sich bestaunen, ein schön geflochtenes Seil.« Billy sagte: »Das ist genau, was ich tue. Wenn ich vor dem Spiegel stehe, gehe ich so nah ran, dass nur das Spiel der Linien und Farben bleibt. Meine Träume zeigen das Ineinander von Teilen von Körperteilen.«

DIE GRÖSSTE KONZENTRATION

Billy sagte zu einem Freund: »Die vergangenen fünf Jahre
waren die konzentriertesten meines Lebens. Von morgens
früh bis tief in die Nacht war ich hochkonzentriert. Ich
hatte eine unheimliche geistige Gegenwärtigkeit. Ich war
in keiner Sekunde abwesend.« Der Freund sagte: »Aber
ich dachte, du hättest in all den Jahren kaum arbeiten können, weil es dir immerfort so schlecht ging.« Billy sagte:
»Das stimmt. Ich war anwesend bei meinem Unglück. Ich
war konzentriert auf meine Angst.«

DAS TALENT

Billy wusste, dass er Talent hatte. Er setzte sich bald auf diesen Stuhl, bald auf jenen, er lehnte am Kühlschrank, lag auf dem Bett, stand vor dem Spiegel, blickte aus dem Fenster. Er konnte vor Aufregung keine Minute stillhalten. Es war klar, dass er sich durchsetzen würde. Am Ende würde er sich gegen alle Anderen durchsetzen. Er setzte sich aufs Sofa und blätterte in einer Zeitschrift. Gleichzeitig dachte er nach. Er wusste, dass er Talent hatte. Er wusste nur nicht, welches.

ICH BLEIBE LIEBER SITZEN

Die Bevölkerung auf der Insel verständigte sich ausschließlich durch Gesten und Grimassen. Nur eine kleine
Gruppe konnte Laute produzieren, einige sogar Wörter
und ganze Sätze. Das waren die sogenannten Künstler.
Sie konnten mittels ihrer Stimme mitteilen, was sie fühl-
ten, was sie wollten oder nicht wollten. Dafür genossen
sie größte Bewunderung. Sie konnten zum Beispiel sagen: »Es ist warm heute.« Oder: »Tanzen? Nein, danke.
Ich bleibe lieber sitzen.«

DAS SPRACHVERMÖGEN

Die Druckerei Söderling in Borlänge verfügte über

DURCHSCHREIBESÄTZE

SCHNELLTRENNSÄTZE

ENDLOSSÄTZE

KOPFGELEIMTE SÄTZE

DER VATER UND DIE MUTTER

Unsichtbar alles
das überall ist.
 Wie die Luft.
 Wie das Gift.

——————— Sie
erscheinen nicht.
Er muss sich irren.
Er nennt sie   ICH.

Jona, im Bauch des Wals, rief aus: »Was soll das heißen, ›Wege vom Ich zum Du‹? Du umgibst mich ja. Meine Dunkelheit ist die Dunkelheit deines Innern. Dein Magensack ist meine Welt. Deine Därme pressen mich zusammen. Deine Säure löst mich auf. Wege vom Ich zum Du! Ebenso hätte ich Wege suchen können zur Luft, die einst auf meiner Haut, in meinen Lungen und Adern war. Du – Element! Du – Verschlucker! Wie soll ich Wege zu dir finden?«

EREIGNISLOS

Billy sagte: »Meine Kindheit ist so ereignislos gewesen wie die Dramen und Geschichten Tschechows.« Ein Anderer sagte: »Aber in den Dramen und Geschichten Tschechows ist doch der Tod allgegenwärtig. Er bleibt nur ohne Folge; alles geht weiter, als sei nichts geschehen.« Da antwortete Billy: »Tatsächlich war auch in meiner Kindheit der Tod allgegenwärtig. Doch auch dieser blieb ohne Folge; alles ging weiter, als sei nichts geschehen.«

BEKANNTMACHUNG

Billy verabscheute neue Situationen. Bevor ein Unbekann-
tes ihm bekannt werden konnte, wurde es ihm von seinen Erfahrungen bekannt gemacht. Das Neue wurde auf
der Stelle gekapert wie ein Schiff von Piraten, doch ohne
im mindesten verteidigt zu werden, denn das Neue war
ja leer, unbesetzt, unbemannt, leichteste Beute. »In neuen
Situationen erfahre ich nur das Alte«, sagte Billy. »Nur in
vertrauten Situationen widerfährt mir Neues.«

AUF DEN PUNKT

Im Badezimmer gab es, auf der Raufasertapete, rechts neben der Toilette, einen tellergroßen, schwarzgrauen Fettfleck. Der Fleck rührte daher, dass Olof Sandvall sich, beim Abwischen, zur linken Seite beugte, wobei er, aufgrund der Enge des Badezimmers, mit dem linken Ellenbogen gegen die Wand drückte. Oft dachte Sandvall über den Fleck nach. Der Fleck schien ihm etwas auf den Punkt zu bringen, doch er konnte nicht sagen, was.

NACH HAUSE

Gråsten fragte seine Frau nach der Taxinummer, doch sie verstand ihn nicht. Also suchte er in seinem Telefon und rief einen Wagen. Seine Frau kam ihm hinterhergelaufen. Auf der Straße holte sie Gråsten ein und fragte mit erschrockenem Gesicht: »Wo willst du denn hin?« Er sagte: »Nach Hause, endlich nach Hause.« – »Aber du bist doch zuhause«, sagte sie. »Nirgends könnte ich fremder sein«, entgegnete er und stieg in das Taxi.

ENDLICH VEREINT

Er war jetzt bettlägerig, hatte faulige Liegewunden, eine
Haut wie Kuchenteig, einen Infusionsschlauch im Arm.
Erst mit dreiundneunzig Jahren sah Edvard Jartelius endlich so aus, wie er sich seit seinem siebzehnten Lebensjahr
gefühlt hatte. Sein Körper hatte seine Seele eingeholt. Jartelius sagte: »Jetzt bin ich befreit von meiner Körperlüge,
geheuchelten Gesundheit, potemkinschen Jugend. Jugend
ist Lüge, Alter ist Wahrheit.«

DIE VERÄNDERUNG DER NATURGESETZE

Eines Tages nahm die Schwerkraft plötzlich zu. Hüpfen und Tanzen wurden unmöglich, ebenso Ballspiele, jeglicher Sport. Sogar die Mundwinkel zu heben, strengte an. Gehen, Stehen, auch Sitzen führten binnen weniger Minuten zu äußerster Erschöpfung. Billy lag die meiste Zeit auf dem Bett. Dann und wann kroch er zum Kühlschrank oder auf die Toilette. Nachts raste der Mond riesengroß an seinem Fenster vorbei.

ZEITUNG

Billy saß auf dem Boden, vor sich ausgebreitet eine Kombination aus Texten und Fotos, genauer: letzten Texten und letzten Fotos, Briefen, die nicht auf Antwort warten, Bildern von Stellen, wo Tulpen auf nasser Erde lagen. Billy hatte, nach vieljähriger Recherche, einmal alle Texte und Fotos zusammengetragen und geordnet zu einer Zeitung seiner Kindheit. Der Beruf des Journalisten war ihm der natürlichste gewesen.

DIE ENTFERNUNG

Billy war so weit entfernt gewesen von seinem Ideal, dass er von Menschen, die gewissermaßen die Hälfte des Weges zurückgelegt hatten, zutiefst beeindruckt und zugleich zutiefst enttäuscht war. Er saß eine Weile wie versteinert, gelähmt von Bewunderung und Scham; dann entschied er sich stets für die Enttäuschung. Jetzt konnte er wieder frei atmen, fuchtelte mit den Armen und rief: »Das sind doch nur halbe Sachen!«

HALTBARKEIT

Der Verleger sagte zu Nils Nycander: »Für dein nächstes Buch sollst du zehn Jahre Zeit haben. Ich werde dich unterstützen.« Nils sagte: »Viel zu lang. Früher musste ich so schnell schreiben, dass ich keinen Standpunkt, keinen Stil entwickeln konnte. Darum bat ich um mehr Zeit. Doch kein Standpunkt, kein Stil halten sich zehn Jahre. Nach zehn Jahren bin ich wieder genauso standpunkt- und stillos wie am ersten Tag.«

DIE ABWESENDEN

Am schmerzhaftesten die Blicke derer
die ihm den Rücken zuwandten.

Am schneidendsten die Stimmen
die nicht zu ihm sprachen.

Vernichtend die Berührung
der Abwesenden.

LUFTBALLON

Die Weite der Fußballplätze inmitten der Stadt. Billy hatte solche Flächen *in sich*. Von klingenschmalen Häuserzeilen eingerahmte Aschenfelder. Sie zirkulierten in seinen Adern. Gigantische Embolien. Nur umgeben von einem Firnis winziger, hämmernder Gefäße, die sich gleichsam an den Händen halten mussten, sollte ihre Verbindung nicht reißen. Billy sagte:»Ich sehe aus wie ein Luftballon.«

EIN GROSSTEIL DER TRAGIK

Jesper Tydén, ein hervorragender Plakatetexter, hatte die *Augen* eines Lyrikers. Dies machte ihm das Plakatetexten zu einer täglichen unaussprechlichen Qual. Unglücklicherweise hatte Tydén nicht auch das *Vermögen* eines Lyrikers; Empfindlichkeit und Fertigkeit lagen unendlich auseinander. Tydén sagte: »Ein Großteil der Tragik des Lebens besteht darin, dass man tun muss, was man kann.«

SIEH, DIE ALTEN

Billy sagte: »Sieh, die Alten. Sie bewegen sich langsam. Sie wollen nicht an den Schmerz stoßen, den der Verlust von so vielen Menschen ihnen bereitet, sie zu Einsamen auf Erden macht. Sieh, die Alten, sie atmen flach, damit sie nicht mit ihrem Atem an ihren Schmerz stoßen. Sieh, ich bin fünfundzwanzig Jahre alt und ich bewege mich langsam und atme flach wie ein Alter.«

DAS KONTINUUM

»Mein Leben?«, sagte Billy. »Ist ein Kontinuum! Nicht zer-
brochen in Tag und Nacht; im Traum setzt mein Tag sich
fort, der Tag entkommt nicht dem Traum. Derjenige, der
versucht zu arbeiten, der in Zügen sitzt, fernsieht, sich befriedigt, ist immer *derselbe*, Nureinesdenker, haarrissloser
Monolith, ein Tablett mit einem bitteren Trunk, ein Kontinuum«, sagte Billy, »ein Kontinuum!«

DIE PLANIERRAUPE

Sonntag in einem Armenviertel. Auf einem staubigen Platz steht eine riesige, grellgelbe Planierraupe; das Führerhaus leer. Morgen schon wird sie das Viertel niederreißen. Wie die Planierraupe zwischen den schäbigen Häusern, so war in der Gegenwart schon Billys Zukunft anwesend. Sie stand mitten im Raum, unbemannt, reglos. »Morgen wird sie alles niederreißen.«

ZUR WELT GEBRACHT

Billy las in einem Buch: »Die Zeit verwandelt uns nicht. Sie entfaltet uns nur.« Er sagte: »Das stimmt auch für mich. Ich habe in den vergangenen zwanzig Jahren meine Krankheit, die ich als Kind in mir trug, zur Welt gebracht. Es war eine schwere Geburt, die mich beinahe das Leben gekostet hätte. Jetzt liegt die Krankheit in meinem Schoß, da kann ich sie endlich betrachten.«

DAS SCHMERZENSWORT

Nicht DU   nicht KOMM   nicht HILF
war sein Schmerzenswort.
Es hieß   WARUM.

So war die Lage
dass er Ursachen
sich zu Engeln wählte.

ZWEIFEL AM MYTHOS DER GEBURT (PROLOG)

»Weil in meinem Leben«, sagte Billy, »alles starr ist, nichts sich bewegt, nichts sich ändert, nehme ich nicht an, dass es einen Tag gegeben hat, eine Sekunde, in der dies Leben *angefangen* hat, von einem Nichts jäh zum Etwas werdend in unendlicher Beschleunigung und Geschwindigkeit. Wie sollte etwas, das einen Anfang hat, übergehen können in Ewigkeit?«

Seit dreißig Jahren waren für Billy Andere nichts als Retter oder Mörder gewesen. Stets war er, sobald es zu einer Begegnung kam, in festen Händen. Haltenden. Würgenden. Vielleicht umschiffte er darum nun die Menschen in großem Bogen wie Odysseus die Charybdis. Und wie Odysseus hatte auch Billy dafür zu zahlen, zollte einer Skylla seinen Tribut.

DAS EREIGNIS

Für Billy war die Begegnung mit einem Menschen ein Ereignis, das aus der Fläche seines Lebens ragte wie der Kirchturm aus den Wassern eines Stausees. Tagelang glitt Billy auf das Ereignis zu. Stand er dem Menschen endlich gegenüber, stellte er fest, dass er den Mund noch voller Schweigen hatte, und dachte beschämt: *Mit vollem Mund spricht man nicht.*

VOM MITTLEREN ALTER

»Ein mittleres Alter kenne ich nicht«, sagte Billy. »Ich bin am Anfang und vergehe doch schon. Während oben die Armierungseisen in die Lüfte ragen, an denen neue Stockwerke emporwachsen sollen, schwingt ins Erdgeschoss die Abrissbirne. Das kennzeichnet meine Lage: am Anfang sein, im Verschwinden sein.«

DAS VERLANGEN DES SÄNGERS

Der Sänger hatte ein so großes, hilfloses Verlangen, dass
er es nur Fremden gegenüber oder in seiner Fantasie zu-
lassen konnte. Wenn das Verlangen manchmal, wie aus
Versehen, sich auf seine Frau richtete, erschrak er und
zog es sofort zurück wie einen Hund, der an einem Spa-
ziergänger hochgesprungen ist.

HOFFNUNG

Billy war mit einer Hoffnung aus dem Haus gegangen, ohne es zu merken.

Als Verlangen kam sie ihm entgegen.

Sie ging vorbei als Schmerz.

IN DER HÖLLE

Henrik Nykvist, der in die Hölle kam, fand zu seiner Ver-
wunderung alle Räume leer. Kein Feuer, kein Foltergerät.
Er sagte zum Teufel: »Ich war auf das Schlimmste gefasst,
werde ich denn hier nicht gequält?« – »Doch, natürlich«,
sagte der Teufel. »Deine Qual wird die Sehnsucht nach
dem Himmel sein.«

KLAPPENTEXTE

Jedes Buch, das Nils Nycander schrieb, war nur die Vorbereitung und der Abfall eines ungeschriebenen, ja unmög-
lichen Buches, gewissermaßen dessen Klappentext. Nils
schrieb einen um den andern Klappentext auf die Rück-
seite seines Schweigens, bemüht, es besser und besser zu
treffen.

EIN KIND ZEUGEN

Mikael Högberg wollte mit allem, was er tat, ein Kind zeugen. Nur die äußerste Zukunftsträchtigkeit einer Handlung reichte, um ihn hinauszuziehen aus dem Eiswasser seiner Verluste, an Land. Högberg sagte: »Nur wenn es um die Zeugung eines Kindes geht, bin ich gegenwärtig.«

DIE EIGENTLICHE TRAGÖDIE

Die Tragödie hatte Jahrzehnte gebraucht, um sich zu er-
eignen. Doch nachdem sie sich ereignet hatte, wiederholte
sie sich *in jeder Sekunde.* Das war die *eigentliche* Tragödie.
»Wenn man nur imstande wäre«, sagte Nils Nycander,
»zu erzählen, was in einer Sekunde geschieht.«

OHNE ABSENDER

Einmal sagte Billy: »Es geschieht, dass ich ein neues Gefühl in mir vorfinde, leicht, schön, unerklärlich. Jahrzehntelang habe ich mit aller Kraft auf ein solches Gefühl
hingearbeitet, ohne Erfolg. Dann, eines Tages, liegt es in
meinem Herzen wie ein Brief ohne Absender.«

IN GRÖSSTER ANGST

Allen Menschen und Menschengruppen und aus Menschen und Menschengruppen bestehenden Institutionen stand er abwechselnd mit größtem Ehrgeiz und Aufopferungswillen und in größter Ablehnung und Fluchtabsicht gegenüber, immer aber in größter Angst.

AUSSCHLIESSLICH DRAUSSEN

Billy sah einen Mann, der mit einem Handtuch vors Haus trat und sich dort in die Sonne legte. Billy sagte: »Das mache ich auch manchmal. Sowie ich ein warmes, günstiges Licht bemerke, verlasse ich mich und bin ausschließlich draußen, auf meiner Haut.«

IM WEG

Einer sagte: »Ich gehe nicht auf Friedhöfe. Dort finde ich
die Menschen, die ich verloren habe, nicht. Die Gräber
stehen meiner Erinnerung nur im Weg.« Billy sagte: »Darum treffe ich meine Eltern nicht. Sie stehen meiner Erinnerung an sie nur im Weg.«

DER EINFLUSS DER UMGEBUNG AUF DAS DENKEN

»Wenn in meiner Umgebung Unordnung herrscht, alles in Chaos und in Schmutz versinkt, ja in Auflösung begriffen ist, kann ich nicht denken«, sagte Billy. »Der schlimmste Anblick von Chaos und Auflösung, der sich mir jeden Tag bietet, ist mein Gesicht.«

HEIMATFRONT

Bei dem Kriegsversehrten, der in ein Krankenhaus in der Heimat ausgeflogen worden war, fanden die Ärzte jeden Tag frische Schuss- und Splitterwunden. Schließlich wurde die Karte des Frontverlaufs korrigiert, der Mann für nicht ausfliegbar erklärt.

DAS MESSER

Sein Schlaf war ein Messer, mit dem er Scheiben vom Tag abschnitt. Am frühen Nachmittag war der Tag auf ein Stück geschrumpft, das Billy glaubte, wenn auch unter großer Anstrengung, unter Gefahr zu ersticken, schlucken zu können; er stand auf.

VORÜBER

Während er vorüberfuhr, trat aus dem Haus eine Frau. Während die Frau aus dem Haus trat, lief aus dem gegenüberliegenden Haus ein weinendes Kind. Während das Kind weinend aus dem gegenüberliegenden Haus lief, fuhr er vorüber.

SPERREN UND BLOCKADEN

»Die Übungen«, hatte der Lehrer gesagt, »sind dazu da, alle Sperren und Blockaden im Körper aufzuheben und die Gefühle frei fließen zu lassen.« Das war auch gelungen. Neun von elf Kursteilnehmern nahmen sich noch am Abend das Leben.

ALLE SYMPTOME

Immer wenn Billy in der Zeitung den großen Bericht über ein neues Syndrom las, eine neuartige Neurose oder Persönlichkeitsstörung, nichtstoffliche Suchtkrankheit oder andere psychiatrische Diagnose, stellte er fest: »Ich habe alle Symptome.«

LASSO

Billy war in einer Stadt, deren Straßen bevölkert waren
von grausam schönen Frauen. Auf der Schulter jeder
Frau, die an ihm vorbeiging, saß seine Mutter, schwang
das Lasso und riss ihm das Herz aus dem Leib.

ICHTUM

Er irrlag dem aftalen Ertum
der im Tathalt besachte
das Andern der Blicke
für sein Ichtum zu standen.

PAARUNG

Was sich hier paart
sind nicht DU und ICH
sind Schönheit und Schrecken
ein Glanz und ein Nichts.

DER KOPFMENSCH

Es waren die größten Gefühle gewesen, die Billy zu einem Kopfmenschen gemacht hatten und jeden Tag von neuem zum Kopfmenschen machten. War er dann nicht vielmehr ein Gefühlsmensch?

DIE TÜR

Ein Mann, der ein Haus sah, fand keine Tür.

Der Andere aber, der kein Haus sah, fand, als er hinein-
ging, die Tür sofort.

DAS VERSTECK

Wenn Billy eine Faust machte, was häufig vorkam, rollten seine Finger sich zusammen und versteckten sich im Innern der Hand. Das war der Grund, warum Billy häufig eine Faust machte.

AUSLÖSCHUNG

Billy rannte
in die Kameras hinein
wie Entehrte
in ihr Schwert.

EIN MANN VON UNGEHEURER GRÖSSE

Ein Mann von ungeheurer Größe schrie und trampelte wie ein Kind. Kein Riese war in Sicht, der den Mann von ungeheurer Größe hochheben und ihm leise ins Ohr reden konnte.

DER GESTOHLENE SCHMERZ

»Ich erleide den Schmerz«, sagte Billy, »aber ich *habe* ihn nicht. Die Andern haben ihn mir entrissen und schleifen ihn scheppernd hinter sich her. Das ist es ja, was weh tut.«

SCHLAFBEDÜRFNIS

Billy sagte: »Auch das Schlafbedürfnis ist Bedürfnis nach anderen Menschen. Immer wenn ich, was selten vorkommt, einem Menschen begegne, schlafe ich sofort ein.«

KISSEN

Billy umarmte sein Kissen, als sei es ein Mensch. Er lehnte an Menschen, als seien sie Kissen. Er sagte zu Dingen du und wünschte jedes Du in ein Es zu verwandeln.

DISZIPLIN

Vielleicht hatte der, der nur dasaß und nichts tat, die größte Disziplin. Man wusste ja nicht, wie viel Kraft es ihn kostete, nur dazusitzen und nichts zu tun.

WO DIE INITIATIVE LAG

Billy wich den Bäumen aus, in letzter Sekunde wie er-
schrocken sich wegduckend, als liefe nicht er auf die Bäume zu, sondern die Bäume auf ihn.

ODYSSEUS

Die Welt, in die Odysseus sich hatte begeben müssen, in deren Fremde und Fährnissen er beinah untergegangen war, sie trug den Namen »Mutter«.

GESCHWINDIGKEIT

»Denken ist eine Form von Bewegung«, sagte Billy. »Sie ist meine einzige. Oft verfüge ich nicht einmal über sie. Dann ist mein Stillstand total.«

VERSTAND

In all diesen Jahren offenbarte sein Verstand sich nur darin, dass er nichts verstand. Nils Nycander weigerte sich,
sein Unglück zu vereinfachen.

RÜCKKEHR

Als das Flugzeug im Landeanflug die Wolken durchbrach, stellten Besatzung und Passagiere mit Schrecken fest, dass die Erde verschwunden war.

UNMITTELBARKEIT

Marius Åström war unausgesetzte, ichlose Unmittelbarkeit. Die größte Strafe: keinen Roman schreiben, sondern ein Roman sein.

WAS IM TRAUM ANDERS WAR

Gunnar Bro, der sich in seinen Träumen nie zur Wehr setzte, immer davonlief, schlug am Tage einen nach dem andern tot.

DER GLAUBE AN DIE WAHRHEIT

Billy unterstrich in fremden Büchern eigene Gedanken. Er sagte: »Mir fehlt nicht die Wahrheit, nur der Glaube an sie.«

GRÜNDE

Kjell Klandström, der sich aus guten Gründen von allem
getrennt hatte, war aus schlechten ein von allem Getrenn-
ter.

FALLTUCH

Billy sagte: »Ich brauche nicht den Augenblick. Ich brauche Zukunft. Denn ich stürze *jetzt* aus jenem in diese.«

WELT, DIE VERHALLT

Billy lebte in einem Lob wie Andere in einem Haus, einem
Land, einer Liebe. Als es verhallte, verging seine Welt.

JUGEND

Billy beobachtete: »Meine Verletzungen halten mich jung. Man altert nur an unversehrten Stellen.«

FORTGEGANGEN

»Nicht ich bin von zuhause fortgegangen. Mein Zuhause ist von mir fortgegangen«, sagte Billy.

WIR

Billy fiel kein Satz ein, in dem ein Wir vorkam. Darum fiel ihm auch das Ich-Sagen schwer.

WUNDEN

Mit seinen süßen, klebrigen Wunden fing Anders Fugel-
sang Engel wie die Fliegen.

DAS SCHNECKENHAUS

Die Schnecke wurde, bei der Flucht in ihr Schneckenhaus, von diesem zerquetscht.

ALP

Die Neuerungs- und Schöpferkraft der Toten lastete wie
ein Alp auf Billys Hirn.

EXZESSE

Billys Exzesse hatten alle Grenzen überschritten – außer die des Gewöhnlichen.

WEIGERUNG

Nein! Billy wollte sich an nichts erinnern, was er keinen Tag vergessen konnte.

DIE EINZIGE SCHÖPFUNG

Billy sagte: »Meine einzige Schöpfung in diesen Jahren: die Atemschöpfung.«

SCHIFFE

Angst und Scham waren die Schiffe, aus denen die Welt
an sein Ufer trat.

DER GRÖSSTE WIDERSTAND

Billy sagte: »Auf den größten Widerstand traf ich, als ich
auf nichts traf.«

VERSTUMMEN

Nils Nycander sagte: »Zursprachefinden ist ein langsames
Verstummen.«

SELBSTMORD

Billy sagte: »Wer Träume von sich träumt, ist sein eigener
Mörder.«

NACHEMPFINDEN

Billy sagte: »Nichts, was ich erlebe, kann ich nachempfinden.«

DORFSTRASSE

Seele als Dorfstraße. Jeden Tag dieselben Gestalten.

VON DER STÄRKE

»Meine einzige Stärke: die Lautstärke«, sagte Billy.

UNVORSTELLBARKEIT

Billy rief aus: »So wie ich könnte ich nie leben!«

SEIT JAHREN SCHON

Blauer Himmel dichter Schneefall

INHALT